小说家的散文
豫籍作家系列

张　宇　著

推开众妙之门

河南文艺出版社
· 郑州 ·

作者简介

　　张宇，作家，1952 年生于河南洛宁。曾为河南省作家协会主席。著有长篇小说《疼痛与抚摸》《软弱》《检察长》《足球门》等，中篇小说《活鬼》《没有孤独》《乡村情感》等，长篇散文《对不起，南极》，出版《张宇文集》7 卷本。部分作品被译成英、法、日、俄、越等国文字，介绍到海外。

目录

辑二　老花眼

辑三　揭谛揭谛

辑四　猜测远古

推开众妙之门

辑一　观照书法

自然书写

如果从先古的文化渊源说起，"书法"这个名称来得比较晚。在象形字的时期，先古的人书画不分。他们随便地在地上或者石头上涂抹，并不知道是写字或者是画画。后来随着社会的逐渐发展，文化开始慢慢走向成熟期，书和画才渐渐地分开来。再发展呢，就发展到了一个高潮期，分得更细，并称为琴棋书画。而且古时候比较著名的文化人，琴棋书画基本上样样拿得起来。这时候，我们的文化已经发展到高级阶段了。

有时候我就想象，我们的古人为什么把写字叫书法，而不是叫书艺？或者是书道？我猜测，这恐怕是经过认真推敲的结果。书法，就我的理解，显然不是讲书写的方法,而是讲书写的法度。法度,在这里就是一个很重要的关键词语,基本上为书写的动机、行为和过程,进行了高度的提炼和概括。大概自从找到书法这个名词,这时候我们的古人总算是给书写找到了一个准确的定位。

于是,我们是不是可以这么说,从此以后我们的古人开始书写法度,或者说是在法度之内书写,或者说是在法度之下书写。如果超出了法度呢,就是胡涂乱抹,就不能够叫书法了吗? 好像是这样。

大概从这里开始,书法开辟了自己独立的发展道路和方向。开始形成书法的最初规矩和方圆,并且很快就逐渐形成了一些书法的基本传统。接着呢,当然就不断出人突破传统,不断给书法新鲜的创造意识,使书法进行丰富的演变,从而不断建设新的传统和理念,向着更加高的境界发展。我个人认为,大概一直发展到唐宋,就到了书法发展的高潮。可以说从此以后,再也没有人突破了。这往后呢,只是在不断重复地谈继承和发扬。

我还有一个基本的看法和认识,那就是书法自从发展到唐宋的高潮，就完全进入了表演。进入表演，就是说完全是写给别人来看。我觉得这个基本认识很重要，那就是说从这个时候开始，就有可能自觉或不自觉地背弃了最初的书法立场吗？是不是可以这么说，自从书法一进入表演，就慢慢违背了先人们的书法精神呢？不论别人怎么样看，起码我这样看。

于是，大概从此在书法界，好像再也没有人敢说自己比古人写得更好。这就一直发展到现在，又形成了如今的帖学和碑学之分。不论如何分，也还是以古人为标准。接着呢，就突然涌现出了现代书法。国内的代表人物应该是曾来德和一了，日本的代表人物应该是井上有一。我也曾经认真读过他们的作品，确实受到了震撼。这样就开始被人们争论不休。我自己认为，不论现代书法如何发展，有一点可以肯定，总算有人对于我们的书法传统开始怀疑和否定。同时，在物欲横流的当下，为了出名和挣钱的目的，还出现了一些一地鸡毛一样的世俗书法。于是，传统书法、现代书法和世俗书法，三者组合起来，就结构出了目前整体的书法格局。

从书法的发展轨迹来看，有一点不能够忽略，那就是早先的书法具备了书写的实用功能。发展到现在，由于硬笔和打字机以及电脑的出现，书法基本上已经脱离了实用功能，完全成为一种文化艺术的存在。但是，在古时候书法是文化人的自然能力，没有人专门靠书法挣钱来养家糊口的。我们可以回忆一下古代伟大的书法家，没有人是专业的书家，大多是著名的学问家，或者是军事家，甚至是高僧和皇帝。如果把现在社会上一些书法混混和古代伟大的书法家对比，这些人只凭会写几个大字就开始走动江湖骗吃骗喝，虽然可以让人理解和宽容，但也实在让人觉得无趣和可笑。

再说一句狠话，如果真正从书法传统的意义上来看待，虽然中国当下的书法界非常活跃，书法家多如牛毛，却大都是书法匠人，并没有真正的书法大家。或者干脆叫他们书法手工从业者？——哎呀，可能话说得有点远了。我在这里并没有得罪书法家们的意思，我只是在讲一种文化存在的状态，来表明一种严肃的文化立场。

还拐回来说书法本身。现在来看，书法确实是我们中国人宝贵的文化遗产，也确实是中国人的看家本事。任何事情虽然来自自然，但给最初的自然行为慢慢加上规矩,再套上舒服的枷锁,这就进入了文化,甚至进入了伟大。现如今,我们如何来高度评价书法都不过分,确实是国粹,确实是中国传统文化的活化石。

但是,在正常的书法格局之外呢,还有一种书法,那就是作家的书法。先说作家都是一些什么样的家伙呢?作家是文字和语言的继承者,同时又是创造者,也是破坏者。特别在书面文字的叙述语言方面,常常由于作家的创造开了先河,后来就进入和形成了新的规矩和传统。比如宋朝的苏东坡,他第一个在画面上题字,这就形成了后人继承的传统。于是,书法在作家这里从来都是比较自由的,根据个人的学养基础,能够遵循多少法度,就遵循多少法度,遵循不到的地方也不勉强,仍然以自己书写的感觉和自由为主。这就是作家的书法立场。这个书法立场有别于传统的和现代的书法家,也有别于书法混混们。

就我见到的作家的书法一个个别有味道。古代和近代的作家只看见字没有见过本人书写的不论。在我熟悉的朋友圈子里,我的老师王蒙先生,我曾经亲自给他镇纸,请他给别人题字,写过以后他悄悄对我说,作家的字就这么回事,写着玩儿。那种自在和愉快永远让人难忘。莫言写小说用右手用硬笔,书法用的是左手用的是毛笔,莫言的左手书法别有味道。阎连科的书法基本上是在涂,涂得现实和魔幻难分难解,如同梦游。二月河的书法更加有趣,出版人刘海程曾经评价他的字"妻离子散"。贾平凹的书法笔笔藏锋,自成一家。张贤亮的书法气韵流畅,如同高山流水……

　　这些作家的书法有一个共同特点,书写是一种快乐和享受,常常冲破许多的束缚和局限,进入大的自在。当然,我并不是在说这样就可以原谅作家们的书法不够严谨。但是,这确实是一种特殊现象。书法家们尽可以笑话作家们的书法不成体统。可是,这又有什么关系呢?我们本来就不是书法家嘛,我们本来就不在书法上和书法家们比高低嘛。但是,也许正是因为作家的书法不以书法为目的和追求,反而更加接近人的性情和自我,甚至生命状态,一不小心竟然和书法起源时先人们的感觉接通了吗?完全有这种可能性。所以,作家的书法内容更加丰富,形式更加个性,常常裸露出人性的本真和本质。

所以，我用毛笔写的字不喜欢叫书法，一直叫自然书写。

2014 年冬于半闲屋

成长的词语

信球，这是我们中原地区的一句方言。河南人，几乎男女老少都熟悉这个词的意思。如果追溯"信球"这个词语的成长过程，让我们大胆猜测一下，中原人开始使用这个词语，也可能有几百年甚至上千年的历史。

一个词语成长的历史，就是文化史。

我这样来猜想，我们河南的先人，刚刚开始使用这个词语的时候，无疑完全是贬义的，甚至是骂人的。为什么呢？因为那时候人们重视道德，诚信是人们交往的基本态度。远古时候应该是我们中华民族的诺言时代，诚信是厚重的道德土壤。于是，当一个人过于犯傻犯呆，喜欢钻牛角尖，就被人们认为是信球。但是，随着时代的发展,中原人在使用这个词语的时候慢慢就出现了丰富性。因为社会在发展,物欲开始横流,道德开始沦丧,诚信开始缺失,这时候我们再说一个人"信球",就有信任的成分出现了。例如,如今一个姑娘笑着骂一个小伙"信球",那就表明她开始喜欢他了。所以我一直认为词语也有自己的成长过程。如今就我个人的理解,方言"信球"现在已经褒贬自如,有时候可以用这个词骂人犯傻,有时候也可以用这个词夸人执着。

另外,就我知道的,信球这个词在中原各地从来就没有准确而规范的约定俗成的写法。我用"信球"这两个字写出来呢,完全是偶然的因为足球的关系。我在这里夸奖的是所有的球迷。因为我也是一个球迷,并且还是一个老球迷。

我自己就是一个老信球。

于是,一个做酒的公司请我给一款新酒命名的时候,我就写下了"信球"这两个字。这个公司喜欢得很,就很快进行了法律上的注册登记。我期待着这款新酒上市,但愿它不是劣质的酒。

现在我们来说足球。因为我喜欢足球,当了几十年的球迷。我和别的球迷不同的是,我先是国外足球联赛的球迷。我喜欢阿根廷,我喜欢德国,我喜欢意大利,我喜欢荷兰,我喜欢西班牙,等等,许多国外的球队。当然也喜欢我们中国的球队。我对中国球队从来充满自信,中国人会踢球,很会踢球。这和中国球队老是冲不出亚洲一点关系没有。中国足球的成绩不好,不能够责怪球员,主要是足球管理上的落后和腐败。但是,我们中国有这个世界上最好的球迷。连外国人也说,中国有一流的球迷和三流的球队。我很认同这种评价。

人的一生,有许多的偶然和机遇。也不知道怎样的阴差阳错,我竟然正式管理过足球俱乐部,曾经担任足球俱乐部的董事长和总经理,并且带领球队拿到了全国甲级联赛的冠军,从而冲进了超级联赛。就说我们创造过河南足球的历史,也不为过。这样,足球就曾经成为我生活中重要的内容。尽管我早早就辞职了,但是对于足球的热爱一直还继续着,所以重新回来当我的球迷。我想我这辈子恐怕再也离不开足球了。足球已经成为我生活的一部分。

于是,这样一说大家就理解我了。我是一个有着许多业余爱好的人。好好的一个作家，还担任着省里作家协会的主席，竟然常常会干出一些莫名其妙的事情。我最好的朋友、著名作家阎连科就狠狠地批评过我玩物丧志。我虽然也接受这种批评，但是也从来不准备改正。我一直觉得一个人应该有一个人的活法。我顽固地认为，一个人来到这个世界上，已经活得太苦太累，如果没有一点业余爱好抚摸一下，怎么受得了！另外，我这个人从来就没有什么远大的追求，也没有什么伟大的理想，没有想过要进入文学史。特别是自从莫言得了诺贝尔文学奖以后，我特别高兴和轻松——总算有哥们儿替我们这一代作家登到了高处，给大家一个交代，或者说完全放下了我们这一代作家的思想包袱。于是，我就认为我们作家不能够一个个都去得诺贝尔奖，如果是那样，外国人也受不了。但是既然已经来到这个世界上，那么认真做几件事情，也就可以了。至于做到什么程度，那还要看缘分。这样一说大家就明白了，我是一个只看重过程不太讲究结果的人。

现在让我回忆一下，2006 年，那时候我在足球俱乐部紧张地工作，没有可能也不允许我有大块时间坐下来写小说。我唯一的爱好,就是关起门来,一个人在书案上提起笔来写毛笔字。记得是著名书法家李强送给我的弘一大师的两本字帖,我就照葫芦画瓢来临弘一大师。我记得写了好长时间,越写越不像弘一大师。但是,越写我的感觉越好。因为弘一大师的字帖是抄写的经言,是一种忘我的精神状态,本来就不仅仅是书法。只要我一临进去,我就猜测着弘一大师的心境,往他的精神上靠拢,立马就出现了奇迹,我开始忘掉世俗,心里渐渐平静。我一笔一画写着弘一大师,沐浴和领悟着他的佛意,渐渐进入了化境……

那时候我已经是中年人,我已经懂得急事缓办的道理,我也懂得办大事需要心静的道理。只要遇到了麻烦,我通常是先关起门来,推开和忘掉一切世俗,先写一会儿毛笔字。只要我一开始进入书法,我的心就不再烦恼,一下子就能够安静下来。然后再走出来,用平常心去处理事情。那时候可以说是"战事"繁忙,已经达到日理万机的程度。练习书法就成为我最好的休息和娱乐,也是养心的一种特殊方法。有时候我能够书写到心静如水的程度。那时候书法确实是救了我啊!

从足球俱乐部辞职以后，虽然我已经不再管理足球，毕竟还是球迷，还深深热爱着足球。好像因为已经养成了习惯，我仍然常常提起笔来，在书案上书写我个人关于足球的各种感受，而且仍然大都用毛笔书写。我也尝试着用硬笔书写，完全找不到一点感觉。但是，从开始书写足球至今，我从来也不知道我书写的真正目的是什么，没有一点实用价值，完全纯粹的是个人爱好。对于足球的书写，完全是我个人的足球书法，也从来没有想到会给其他人观看。这就从另一种意义上说——给我自己开一个玩笑——竟然有一点形而上的意味。且不论写得如何，写作过程绝对愉悦和享受，就这种忘我的书法状态和境界——给我自己吹一家伙——完全是书法大家的创作感觉嘛。

弘一大师书写经言，我书写足球。

经言是什么？是佛语。我对足球有了宗教感，也就和书写经言的感觉差不多。

信仰的折光照耀到哪里，哪里就是佛。

反正是野人野路子，人老了脸皮就厚。如果有人骂我的书法没有章法，是胡涂乱抹，那也不要紧，我本来就是一个信球。我就认为你骂我是因为你在关心我，甚至是你要爱我吗？

2014 年冬于半闲屋

嘲笑和漫骂

　　如果用现代的观念来看，我这个人出身本来其实很高贵的。

　　我出生在山里的庄稼院。从我记事开始，小时候天天能够看到蓝天和白云，当然也有彩虹。我经常在小河边玩耍，下河摸鱼捉螃蟹。家的周围，到处是绿树和野草。我在山坡上放羊。山河发大水的时候，我就牵着牛的尾巴过河。我一直喝的是深井甜水，吃的是五谷杂粮。呼吸的呢，永远是没有污染的空气。虽然常常吃不饱肚子，但是在我的生活环境里，样样绿色和环保。用现代的科学眼光和理念来看，出身就特别高贵。

　　但是，由于年轻时候并不懂得这些，就觉得出身低微,自卑感相当强。特别是进入城市里生活以后,常常是看人家的眼色,才敢小声说话。为什么呢?因为觉得自己是乡下人,城市是城里人的地方,来到人家这里谋生活很艰难。因为城里人如果犯错误呢,还能够待在城市里。如果我们乡下人犯错误呢,通常要送回原籍劳动改造,就要被人家永远赶出这个城市。如果被送回原籍劳动改造呢,在我们乡下也就成了坏人,这辈子再也抬不起脑袋了。

也可能由于从小到大体质比较弱的原因吧,我的胆子很小。于是,在与别人交往之中,就很少与人发生冲突。别说动手动脚了,连吵架和骂人都很少有过。每每遇到别人欺侮的时候,小时候的我就哭。只是哭,并不哭着诉说。家长如果问起来,通常也不解释,就忍住了不哭。长大以后进入城市呢,就远远躲着强人和恶人。遇到一些别人的是非和冲突呢,常常绕着走,常常装作没有看到和没有听到。尤其是遇到人家暗算自己以后,自己也没有对付的办法。再说人家并不真的恨我,我细思量过,人家通常暗算我也只是为了人家自己的利益。我自己既然没有力量去抵抗或者去复仇,就只能够装作不知道或者装糊涂。这样，偶尔也有人笑话我圆滑。我哪有这么高的思想境界呀，只是胆小怕事罢了。

现在想想，我发现我把自己人生的路走得很细很细。在偌大的城市里，没有多少朋友。有一些朋友呢，自己看着人家是朋友，也不知道别人怎么看待自己。常常是觉得人家是朋友，遇到麻烦了，才发现人家原来并没有把自己当朋友来看。有时候，反而是朋友暗暗给你捅了一刀。由于距离近，躲都躲不开，捅得你很痛很痛。你也只好忍着疼痛，慢慢地疗伤。于是，这才发现以前的友谊只是一边热，从此烟消云散。于是，我常常躲在阴暗的角落里，悄悄地行走着，一边呼吸着城市里的垃圾。一直到了中年以后，这才发现城市里边就没有朋友，也没有敌人，只有利益。

如今回忆起来，自从进入城市生活以后，到处被人看不起。原来想着只是个别现象，后来就发现是普遍现象。也只能够少数服从多数，同意别人的看法。慢慢地，当被别人看不起已经成为习惯以后，自己也开始看不起自己。这时候就自然提高了思想境界。于是，我常常给别人说，你们不用看不起我，我自己也看不起自己，咱们的意见一致,甚至我比你们还看不起我自己!

所以,不知道的人呢,似乎看着我在人前人后也人模狗样的,那都是装的,其实生活得很可怜。我一直活得很小很小,如同蚂蚁一样是一只可怜虫。

但是,可怜虫也有许多的怨言和愤怒,需要发泄啊。为了不把自己憋死,在我还是年轻人的时候,我就发明了漫骂自己的乐趣。我的这一个比较伟大的发明,救了我自己。不能够骂别人,也不敢骂别人,我可以骂自己嘛。

我很快就发现,漫骂自己原来是一种快乐。于是,只要遇到烦恼,或者真的是自己犯了错误,我就常常在内心里漫骂自己。我漫骂自己的语言也丰富多彩。例如:"他妈的,又弄错了!""你就是头猪,猪脑袋!""你狗屎不如!""我他妈的真是看不起你!"多去了,大都是脏话。有时候呢,没有忍住,也嘟囔在嘴巴上,就形成了自言自语的习惯。经常被人发现,但不明白我在说什么,其实我那是在骂我自己。有时候觉得还不过瘾,竟然就书写下来。于是,我常常在自己的小说和散文随笔里,漫骂自己。有时候觉得还不过瘾,就提起毛笔,把骂自己的一些话书写下来。我发现用毛笔骂过自己以后,就特别解气和解恨，竟然能够心情舒畅一会儿。于是，这样的日积月累，竟然积累了许多这样的书法作品。看起来我本来就是一个小人，一个俗人，一个低级趣味的人，一个胆小如鼠的人，一个虚伪的人……

特别需要说明的是，我并不是漫骂自己的天才。在同样是漫骂自己的人中，我佩服两个人：一个是王朔，"我是流氓我怕谁！"另一个是一了，"天上天下唯我混蛋！"他们骂得很经典，大有用漫骂自己来抵抗什么的力量。我没有这种抵抗的力量，也真的不需要抵抗什么，确实是实实在在地骂我自己。同样是漫骂自己，人家骂的是形而上，我骂的是形而下，就显得我的漫骂没有水平，更加小家子气一些。骂娘也需要胆量和才华。连骂自己也不如别人会骂，真正是一个小人物了。

如今退休以后，已经步入中老年，慢慢不再害怕犯了错误，被送回原籍劳动改造了，就再也不怕出丑了！于是，我偶尔也开始把这部分的书法作品，拿给其他人看，让人们看看我的可怜和丑恶。

书法好像一个筐子，里边能够装下许多内容。

2014 年冬于半闲屋

民间语文

在我们河南省内,谁都知道各地有各地自己的方言。外省人也许听不出来,我们省内的人却分得很仔细。但是,不论是哪儿的方言,只要是河南话,你只要照着书写下来,全国人民谁都能够看得明白。

这就是河南话的典型特点。就全国范围内,也只有河南的方言能够做到这种程度。这就是河南语言的优势。这样,在河南如果从事写作,当一个作家,是得天独厚的优越。这是一种独特的文化现象。如果追溯一下原因,可能因为中原是我们中华文明的发源地?

我需要说明一下,这不是我最先发现的。就我知道的,最先发现这个语言优势的是老作家李準。那时候我还是青年作家,到北京去开会,也许是老乡的关系? 李準把我叫到他的房间里,悄悄告诉了我这个秘密。记得当时,他摇晃着他那特别大的脑袋说,小子,这就是你的福气,好好弄吧! 如果你再摆弄不好,就是你自己没有本事……

在这以前也许我的写作并不自觉,在这以后呢,很长时期我就按照李準老师的教导,直接用河南方言写作。这种写作状态大概一直延续到 1985 年,在我发表中篇小说《活鬼》以后,我才开始对自己的书面语言不满意起来。甚至觉得自己最初上了李準的当。那是由于和外国文学的接触,因为心野,想到了人家外国人翻译的困难。然后这才主动调整自己的语言状态,慢慢往书面语言上靠拢。一直到我写出长篇小说《疼痛与抚摸》,终于完成了书面语言的彻底转换。但是,我并没有忘却我们的方言,倒是越来越喜欢了。由于对河南方言的着迷,就主动收集和研究起来。从此以后,只要回到乡下,就特别想听乡亲们说话。只要听到乡亲们的话语,好像我自己一下子就接了地气,才真正回到了家乡。

有许多的时候,每当我闲下来,就会琢磨这些方言,然后吃惊地发现，方言里边有着乡亲们特别的韵味，以及格外高度的概括能力。再仔细琢磨呢，就发现了乡亲们由于不经常读书，口语表达反而磨炼到很高的境界，表述里包含着特殊的简洁和智慧。通常城里人说很长一个段落才能够表达明白的事情，乡下人一句话或者几个字就说清楚了。甚至城里人需要写一本书来表达的思想，乡下人一两句话就表达得无比精确，还特别的生动和幽默。从某种角度来评价，乡下佬一个个都是语言大师。

当然，作为一个职业作家，对于语言的研究一直是基本功。经过长时间的思考，我对我们乡下佬的方言给出了一个书面语言的高度概括，那就是"民间语文"。

到中年以后，我的写作随之进入了成熟期。在语言表达方面，我就从两个方面自觉学习，一个方面当然是学习中外的文学大师，另一个方面就是主动学习民间语文。不过我不再把民间语文直接往作品里边搬运，只是学习民间语文的韵味和智慧。我的老朋友、著名评论家王鸿生，因为格外喜欢学院派的语言表述，就曾经讥笑我的写作属于民间智慧。他当然不懂得这里边的奥妙。

我也不恼他,反而觉得他有点高看我,甚至觉得他是在表扬我。因为我早就明白,王鸿生先生看着学问高深,语言叙述起来却翻山越岭非常让人难以理解,其实他不过一直在为提高自己语言叙述的难度努力奋斗。谁如果认真读过他的文章就会发现,读着感到学问很高深,真正找到一些属于他自己的观点,相当的不容易。这是因为他本人一直从书本来再到书本去,接不住地气。虽然我们一直是老朋友,现在也都上了年纪,王鸿生先生已经在上海成为一个很大的教授,我也从来没有批评过他。现在想起来捎带说几句话,也不过是跟他开一个玩笑。我这个人,从来就没有批评别人的习惯。

这就说到了书法。在我收集的民间语里边呢,有一些语言格外精彩,竟然能够牢牢记住,什么时候想起来什么时候发笑。有时候,笑过之后心里一动,就提起毛笔,在书案上铺开大纸,干脆书写下来。

例如:"一尺五寸,养大成人,到头来与老娘成了冤家仇人。"

例如:"出门碰见人咬狗,拿起狗来打砖头,反叫砖头咬住了手。"

例如:"人浪笑,驴浪叫,猪浪跑断腿,狗浪连成筋。没浪死半村。"

有的时候呢,一边写着一边笑着;有的时候呢,写过之后看着自己的字继续发笑。这种书写状态,确实很愉快。

有一点要特别指出,我对于民间语文的毛笔书写,完全没有任何目的,也只是为了好玩儿。写过之后就随便往旁边一扔,不再理会。有时候忽然想起来,就翻出来看看,再笑一笑。也有这样的时候,偶尔有朋友走进我的书房,也给朋友们观看。但是,一边写着一边丢着,从来就没有想到这些书法作品会有什么实际用途。

我的书法作品本来就是自作多情。

2014 年冬于半闲屋

念经笔记

在我的一生中,偶然开玩笑一样,曾经让人打过几卦。几个打卦先生都说,我将来会出家皈依佛门。每次我都觉得好笑。因为我从小深受父亲的影响,不相信鬼神。

我的父亲身体并不怎么强壮,心理素质却超常,什么鬼神也不相信。半夜三更走夜路,穿越坟地如履平地;大白天在地里干活,累了枕着坟头就呼呼大睡。我也一样。在山里,我从小就常常半夜起来,摸黑去几里外上小学。一个小孩夹着肩膀,独自行走在山间小道上,穿越坟地时竟然没有一点害怕的感觉。山里人就说像我们这样的人,脑门子旺,鬼神让道。

长大成人以后阴差阳错当了作家，第一次听人谈佛，是在北京的会议上，遇到张贤亮和何士光。两位老兄谈佛论道，说给我听。然后，何士光说我早晚也要皈依。从此以后这就算有了缘分？心里虽然不想佛，却总想着何士光。只要有机会，就想去看望他。他早早就皈依佛门，在贵州地区影响很大。我心里有了困惑，就愿意给何士光诉说。莫名其妙地，我非常信任他，超过信任我自己。好像他一直等着我，一点也不着急，只在慢慢地吸引着我走向佛门。冥冥之中好像前边一直有着神秘的召唤，让我继续前行。

　　我真正开始认真阅读佛经，是我离开足球俱乐部以后。那时候已经辞去足球俱乐部的一切职务，重新回到书房。先是写出了长篇小说《足球门》，可以说引起了广泛的社会影响。由于长篇小说需要虚构许多的人物和情节，由于真真假假不分，不想忽然引起了建业集团一些老朋友的误解。心里边就非常难受，也非常惊慌。由于建业集团在我们中原确实是一个伟大的企业，自然就非常强大。和强大的建业集团相比，我自己如同一只蚂蚁。自然的，当时这些误会的结果是，如同资本的铁饼轻易地就砸碎了文学的鸡蛋一样容易。由于我自己的人品在文学界也一直不怎么好,文学界自然也没有人同情我。甚至还有一些人幸灾乐祸。什么是人品呢?约定俗成的标准是,领导说你好,群众的威信高,这才是好人品。我自己呢,领导虽然对我不反感,但是也不怎么喜欢。群众只是喜欢看我写的书,并不怎么喜欢我本人。有不少人还相当不喜欢我。于是我就很孤独。那时候我就躲在阴暗的角落里吓得瑟瑟发抖,感到相当的无助。同时也感到了自己相当的渺小和可怜。

可是,凭着良心说,我在小说里没有一句影射建业集团老朋友们的坏话,也没有贬低任何老朋友。相反的是,真正是好话说尽了,到头来却受到了深深的误解。就感到相当的委屈,如同拿着热脸贴在了人家的冷屁股上。这就是一个作家可悲的却正常的下场,只要想逞能,就得承担后果。不过不要紧,好在我已经不是年轻人,还能够承受这些压力。于是,就把这些委屈埋在心里,自己慢慢化解。朋友之间出现了误会,我一般不做任何解释工作。因为没有一点意思。再说有可能越描越黑。

就是在这个时候，可能是由于胆小怕事？也可能是由于特别的无助和无奈？我忽然产生了阅读经书的强烈愿望。从此以后，一旦读开，好像再也收不住了。这时候我才明白，这些经书其实一直等在这里，等着我来阅读，等得很苦。

我首先读的是《周易》。大概读了近两年时间。这两年时间里，我着迷上远古的文化。在这之前，我也一直认为《周易》只是算卦的书，阅读进去才发现我错了。《周易》是历史，是哲学，是科学，是百科全书。后来读《金刚经》《黄帝内经》《道德经》《南华经》《圆觉经》《心经》。到现在我还在阅读《心经》。读经以后，我像换了一个人，再也没有了委屈和戾气。再去想和建业集团老朋友们的误会，就觉得还是应该责怪我自己没有做好，就觉得自己实在可笑。心里边开始单方面消除委屈，只剩下了对建业集团老朋友们的感恩和想念。当然，确实还有一些歉疚，觉得对不起他们。也不知道对不起的是什么，起码这些误会因我而起，我就应该承担责任。

需要说明的是，我对于经书的阅读好像与人不同，没有烧香和磕头，我只是把这些经书，权当历史和哲学来读。而且我也仅仅是阅读，并没有深刻理解多少。好像读经只是一种修行？常常觉得越读越深奥，只是着迷，不敢说懂得。真的，不敢说懂得。绝对不是谦虚，因为每每阅读，就会有新的感悟，常常会否定以前的认识。经言如同大海，无边无际。经言如同高山，山山相连。于是，我只是在阅读，并没有真正皈依佛门。特别是2011年我从南极归来以后，一切的思想全部改变了，我就明白我这一辈子不再可能皈依佛门，因为我已经皈依了南极，皈依了自然。

这就说到了书法。虽然我的书法水平一直很低，不论我干什么事情，书法却一直陪伴着我。在我阅读经书的过程中，我常常因为心动，或者是困乏？不由得放下书本，提起毛笔，开始自然书写。书写的内容呢，有的时候是经文，有的时候就是感受。这样写写停停，停停写写，就积累了许多。例如《心经》，我已经写了几百遍，每每书写我都非常激动。我这样反复书写，是为了加强记忆，还是为了加强理解？——也许，只是一种功课。并不很明白，也不想明白。这个世界上的许多事情，并不是全能够弄明白的。

差点忘记了，还应该感恩一位大师，他就是南怀瑾老人。由于我的古汉语水平不高，在阅读经书的时候，就有许多的障碍，于是我经常爱看别人的解释，自然就看了许多南怀瑾先生的书。在他讲解经言的几十本书中，层次也有高有低，我发现《黄帝内经》、《南华经》和《圆觉经》讲解得最好。可能由于大师早年曾经就是一位作家的关系，他讲解的性情让人无比热爱。后来听说他圆寂了，心里很难受，伤心了好长时间。

还拐回来说书法。现在呢，我也偶尔把一些书写的经言赠送他人。不过，我从不把这些作品当作书法，主要是想让别人分享我阅读经言的感受。更不敢说是布施，顶多只是有一种传播的愿望。

于是，如果你开口要，我就赠送你。如果你喜欢读，我就感恩你。

2014 年冬于半闲屋

辑二　老花眼

二月河漫记

想来想去，还是叫"漫记"好。如果按"传记"写，势必会瞎子摸象挂一漏万，我有点"传"不动他。

像二月河这种人，很不好写。他的帝王系列著作已经横空出世，如山厚重，如海深阔，已经名满天下了。你想，他是一个成天在那儿摆弄着皇帝玩儿的人。一个敢为帝王师的人，水就很深，很不容易理解。何况我自己连皇帝的老虎屁股都没有摸过，自然更把握不了皇帝的老师。我这里漫记下来的充其量也只是我对二月河的一知半解，或者说是有关二月河的一些皮毛和杂碎。

好了，我这里信口开河，想到哪儿就写到哪儿。世上怕就怕"认真"二字，共产党就最讲认真。先老实说

35

出来,如果写得不像甚至是写跑题了,也不会伤害他本人的伟大形象……

仔细想想,这世上大凡获得成功的人只有两种方法:一种是完全依靠自己的才华和努力,再加上碰运气,就叫德才兼备加一碰吧;另一种是自己有一点才华,一边呢,自然也是很努力,另一边呢,就要不断地排斥别人,也就是说用打击别人的办法来抬高自己——叫什么呢?就叫它打遍天下无敌手吧。别看这么说着不太好听,其实说透了也就这两种方法。当然我这是宏观地理论一下,如果仔细分析这两种方法,还有很多学问要做。说白了其实谁都明白,也就不细细摆弄了。

很明显,二月河完全是依靠自己的才华和努力成名于世的。从他出道到现在,还没有听说过他打击别人的风言风语。好像他只是用了一根竹竿,就把自己这顶轿子抬起来了。

这年头,就这么老实混,还能够混出来一个奇迹,真是不容易啊!

二月河作为当代的著名作家,在河南省作家协会主席团换届时自然而然地被选入了主席团,是副主席,我有幸和他同届。不过我还有自知之明,在主席团里,和主席相比,和二月河、李佩甫这些大作家相比,我只是一碟配菜。

因为省作家协会一直没有从文联里独立出来,可怜作家协会主席团的副主席们实际上都是虚职,算社会职务,说白了也只是给了一个脸面,做实事的主要是主席和秘书长。在我的印象里,这一届主席团开会并不少,讨论工作呀,研究新会员呀,甚至可以说事情很多。但是,二月河好像从来也没有参加过主席团的会议。刚开始呢,开会时大家还提一提,说也通知二月河了,他有事情不能够来。后来他总是不来,大家也习惯了,开会的时候也不再提他了。

我有时候想,万一哪天他来了,大家才觉得意外,才觉得不习惯呢。

这就是二月河。

当作家以后,我就和南阳那个地方建立了密切的联系,和乔典运来往最多。如今老乔已经不在了。最初,还是老乔带着我认识二月河的。第一次开二月河的作品研讨会,老乔让我去时,开始我还不太情愿,觉得省文联去的都是领导同志,我这么自己跑去算姜算蒜呢? 多少有一点自卑感。后来,老乔一再说张宇你一定要来,咱不管别的人天大地大,咱啥也不为,就为咱都是作家,和尚不亲帽亲,就为二月河这个人很性情,是朋友。

"是朋友"这句话很重要。俗话说在家靠父母,出门靠朋友。老乔知道我好朋友,我也信老乔,老乔只要说哪个人可交,一般不会走眼。

但是,第一次见二月河,就出乎我的意料。

二月河大声说笑,大杯喝酒,大块吃肉……两天下来,我怎么也看不出二月河是南阳人。

南阳作家给我的普遍印象很深,一般来说大都是胸怀大志而认真刻苦的主儿,并且一定是言谈谦虚而谨慎的,就是说他们在表演实在也不为过。一般来说,南阳作家很容易让你信任,但是时间一长你就猜不透他们的城府了。而二月河呢,虽然才情过人,却有啥说啥,还有点口满,甚至说他常常口出狂言也不为过。就让人觉得他不仅很大气,而且从骨子眼儿透出了一个西部男人的忠厚味道……

后来才知道二月河真不是土生土长的南阳人。

那一次在北京开会，由中国作家协会来主持研讨河南作家的小说创作现象，我和二月河都去了。就在那个会上，当着我们的面，北京一些知名评论家在评论二月河作品的时候，用了这样一些话：

"看啥有啥，要啥有啥。"

"从大到小，从粗到细，处处精练。"

"像二月河这种作品，像二月河这种作家，中国文坛五十年、一百年才出一个。"

"二月河作品的艺术成就直追《红楼梦》。"

…………

听着这些话，听着北京的这些一向牛气烘烘的理论大家的话，我也觉得骄傲的脑袋大起来：二月河真是为我们河南人争了光。可以说，好听的话是说到家了。因为我明白，这些人对别的作家从来也没有说过这么好听的话。同时我更明白，二月河事先也没有给他们好处，他们也不是二月河的托儿，也犯不着给他当托儿。确实是二月河的作品征服了他们……

当时我就笑了。我笑啥？我心里暗暗地想，只要大家这样来看二月河，二月河的作品就得不了大奖了。果然,那一届茅盾文学奖评出来,就没有二月河。

这就是我们中国的长篇小说大奖。当然,评上的也算是好作品,只是太好的作品总是落选,这才是中国文坛的特色呢。

二月河的小说走红得吓人,还不仅是全国各地,甚至在海外也有很大市场。可以说,在这个世界上,只要有华人的地方就有二月河的书。当官的看,老百姓也看,共产党看,国民党也看。就普及和影响的范围和程度来说,在中外的当代作家之中,我不能够说二月河是绝后的,但是确实也有一点儿空前的味儿。那么二月河现象说明了什么呢?

首先是他为我们当作家的人争取到了自信。也就是说,尽管现代社会发展很快,广播和电视电影、电脑和网络,不论你传播的形式再多,阅读纸质小说这种形式是永远不会落后的。一个人在任何情形之下,坐火车、坐飞机,甚至上厕所,你躺着或者坐着,甚至你站着,都可以看小说。你可以看完,也可以看看停停。你是想怎么看就怎么看,想什么时候看就什么时候看。一本书在手,完全不用依赖任何条件和任何人,独自地进入个人的狂欢节日。

那么另外呢，二月河的成功再一次为我们证明，写什么并不重要，重要的永远是怎么写。

你说二月河写的是历史？鬼才相信呢。

人们想读历史，为什么不直接去读历史学家的作品？就二月河自己在那儿瞎摆弄的历史，你信得过吗？说白了，人们读二月河并不是为了学习历史知识，还是为了读他的小说。是他的小说写得好，并不是他的历史知识好。这样我们就可以说透了，二月河写来写去还是写他自己呀。

二月河的小说不过是借助历史故事，在那儿笔意纵横演义情节，还是为了向我们传达他自己的人生感受罢了。首先这感受是他个人的，于是你就会觉得新鲜。再加上这感受丰富，你就在他这里找到了自我的零零碎碎的影子，在古人这里看到了自己，往文雅处说，也就是在过去时里看到了现在进行时。这样，不知不觉地你就和他交流起来，再也放不下了……

这就说明，小说这种形式太丰富了，太自由了。历史的、当代的，你采取什么形式都可以，只要你走得远，走到极限，都可以成为大作家呢。

我是迷鲁迅的，也是迷金庸的，我觉得他们都是伟大的作家。

二月河呢，在当代作家之中，能够传世，有希望伟大起来的，他算第一个!

那么像二月河这种人，忽然平地一声雷响就卓然成家的人，他是一个怎么样的人物呢?

我对他本人的生平了解虽然并不很细，但是，慢慢去想他人生的大致经历，就觉得他能够走到现在这一步天地，也很自然。

二月河生在山西的昔阳。这个出生地很重要。山西昔阳的地域文化和那里起起伏伏的山岭高原，对一个人童年性格的基础影响很大。那里的土厚，人生在那里容易扎根，再一个重要的人物是他母亲。生下二月河的母亲本来就不是一个平凡的女性。这位母亲年轻时曾经玩过枪，真枪真刀地打过仗，为了理想出生入死，像男子汉一样地奋斗过，是那种并不多见的女中丈夫一样的人物。我这么强调二月河的母亲，是因为我想到了这样的母亲对二月河儿时的影响。于是我们就可以这样认为,现在的二月河身上的大起大落、大开大合的性格,还有他那种胸有百万雄兵和江山乾坤的开阔胸怀,最早来源于他母亲对他的影响……

二月河从小是跟着父母一块儿生活的,随着父母的工作变动,他在少年时候又来到了洛阳,在洛阳的栾川等地一直长到十六岁。洛阳的王气重呀,它古老的地域文化从来就是一个养男人的地方。还有一个有意思的地方,那就是二月河的父母都是国家干部,还是那种为了工作总是没有精力来多管自己儿子的父母。最典型的例子是他父母经常把他寄养在学校生活,或者寄养在二月河同学家里生活,这就使正在成长的二月河一直自由自在地飘着。这种放牧一样的生活方式使少年的二月河慢慢地养成独立生活的能力和意识。这种过早的独立意识对一个男人来说太重要了。这使他从小就明白,这个世界是需要他自己一个人来面对的。人生的路很长,是要依靠自己来走的呢……

十六岁以后吧,二月河又随着父母工作的调动来到了如今的南阳。但是,不久"文化大革命"开始了,父母被揪斗,家被抄。在他刚刚成年的时候,这个世界就向他展示了丑恶和悲凉……

后来他当兵了，到了四川。他在部队里认真地工作，并且取得了成绩。如果他一直当兵的话，也许这个世界上就少了一个杰出的作家，多了一个职业的军人。但是，他成熟了，他明白了什么是选择。正在他有希望步步高升的时候，他选择了转业。为什么呢？因为他发现自己从本质上更喜欢文化，喜欢读书和写作的生活方式。

兴趣，完全是兴趣，左右了他人生的这次重要的转折。

兴趣太重要了，一个人喜欢什么比什么都重要。兴趣永远是人生重要转移的帆船。

二月河回来了。他回到南阳……

也许是二月河过早地看到了人生的太多悲凉，或者是怎么样也无法找到适合发挥自己才华和张扬自己个性的空间？

要么是他这个人有粗放的一面，对当一个国家干部时时处处早早晚晚老要对上对下小心应对，时间长了觉得太麻烦了？

或者是南阳的温暖气候和亲和的人情慢慢地抚平了他内心的各种创伤，使他逐渐相对地平静下来，使他想到应该静下心来做一些自己喜欢的事情了吗？

他开始在业余时间研究《红楼梦》。

南阳这个地方从来就养文化人，还不仅仅是这里的温暖气候和亲和的人情，重要的是这里的文化氛围。可以说，自古以来南阳这个地方一直崇尚文化人，从官到民都尊重文化人。南阳盆地就像一个营养丰富的花盆。二月河想做学问，他这棵树回栽南阳真是选对了。

他研究《红楼梦》虽然是业余的，但是因为观点独特，甚至总是有一点野气和野味儿，在全国的红学界还真弄出了名气哩。于是，他的才华横溢出来，一些大学问家就笑着劝他写小说。不想一句话点醒了二月河，从此二月河开始小说家言了……

谁料想，一个偶然的提议，就成就了一个当代的大作家呢！

好了，人生的丰富阅历，个人生活的甘苦滋味，全派上用场了……

有时候想想，人家二月河真是过得幸福，真是过得自在呀!

我从认识他到现在，一直不怀好意地猜想着他，把门一关，屋里就只有自己一个人，一个男人面对历史整天在那儿指点江山，把天下事情这样改改、那样改改，想改成什么样就改成什么样，把上到皇帝下到民众，想调到哪里就调到哪里，二月河的权力真大呀……

这不是享受是什么? 虽然是纸上谈兵，但是弄不成真的，就弄弄假的也不错呀，总算过够了一个男人实现伟大理想和远大抱负的瘾吧?

哪儿像咱张宇之流写这些破事儿，又小又碎，在现实生活里弄真的弄不成景，把自己关到屋子里又没有人看。弄假的咱也没有胆量弄大的，只会摆弄一些小情趣呀小事情。和人家二月河一比，惨啊，人比人气死人……

忽然想起来一个笑话，说村子里有一个小伙子好唱戏，好不容易走上戏台，穿起戏衣当了皇帝，没想到他娘一看就哭了。她哭着说这下子全完了! 我儿子小时候算命是要当皇帝的呀，他一穿戏衣，这不就成假的了?

其实说白了，作家就和那个穿戏衣当皇帝的人一样,不过是唱几句玩玩儿,本质上还是普通人。

我这么拐弯儿,还是想说你别看二月河誉满天下了,其实他和我们一样还是一个普通人,也有着和我们普通人一样的烦恼和欢乐,而且还有一点憨厚,朋友味儿还特浓……

二月河,我这么写你写跑了吗?

无论如何,二月河还是幸运的。人生在世,从事的职业和自己的兴趣是一样的,这并不容易。

二月河兄,玩笑归玩笑,前边的路远,走好啊。

2001 年 2 月

李洱的光芒

去年 10 月 23 日，访问中国的德国总理默克尔，向中国总理温家宝赠送了一本中国作家作品的德文版，第二天又请这位作家面谈。是什么样的作家和作品受到如此特别的隆重待遇呢？就是河南作家李洱和他创作的长篇小说《石榴树上结樱桃》。

也许在我们河南省内，许多人还不太了解李洱。由于一直没有担任什么重要的社会职务，李洱在省内的知名度就一直没有省外高。省内媒体报道作家们时，常常会把李洱排列在一长串作家的后边。因为按照传统习惯的认知待遇，文化人的社会地位要认真对应于官场的级别，虽然不是实职，也要相当于哪个级别。干部级别的高低,永远是世俗社会认知一个人大和小的标准。这种传统的认知方法虽然过于简单,却很容易掌握和使用。在一元化领导的社会组织结构中,这也是一种传统习惯。由于李洱不是处级更不是厅局级干部,也就长期"大"不起来。在我们这里,这是很自然的事情,没有人感到奇怪。但是,外国人头脑简单,不懂得中国文化的复杂性,他们看作家很单纯,竟然只看他的作品。于是,李洱就在德国的阅读界产生了广泛的影响。

还有,最近的韩国文学界,也出现了李洱热。先是李洱的长篇小说《花腔》在韩国出版,紧跟着《石榴树上结樱桃》又出版,这就在我们的邻居韩国掀起了中国作家李洱的风浪。韩国的几个著名批评家,也都开始研究李洱的小说艺术。朴明爱写下长长的论文《"花腔"的魅力》,还"兼谈李洱小说的叙事观念",对《花腔》进行了深入细致的分析和研究,称《花腔》是"口述者的美学",称李洱是当代杰出的作家……朴宰雨的论文《先锋性的探索》,解剖"超俗不凡的智略型作家李洱",给予了《石榴树上结樱桃》高度评价,认为李洱是中国当代作家的优秀代表……

这就让人心里很不舒服。同样是作家,和李洱相比,咱的差距咋就这么远呢?咱的写作哪儿出了毛病?

转念再想,又非常高兴。毕竟是河南作家,为我们河南的文学界甚至为我们河南人,在海外争得了脸面,又挣来了外汇。可以说是精神文明和物质文明双丰收,说到底是好事情啊。

俗话说活到老学到老。于是我就往细处想,连外国人都要向李洱同志学习了,原来榜样就在身边,学习起来还是方便多。那么向李洱具体学习一些什么呢?

经过认真研究李洱的作品,不断回忆和李洱同志相处的那些岁月的片断,就对李洱总结出两大特点:一是为人朴实,二是长于思考。对了,长于思考是他最大的特点。李洱同志经常低声悄悄地教导我们说,对许多问题反复进行追问和思考,就会产生属于你自己的不同见解……

终于想明白了——原来作家要有自己的见解和风格啊。那就认真向李洱同志学习吧。万一有所长进,那该多么好啊!

2009 年 9 月

当家花旦红起来

这些年身懒，活得也小，就不怎么在文坛走动。偶尔到北京和上海开会，见到的朋友都在谈论乔叶。在北京是《人民文学》主编李敬泽。李敬泽是谁？江湖上流传，青年作家到北京三件事：游长城、吃烤鸭、看望李敬泽。由于李敬泽长期稳居中国文坛小说审美的高处，虽然年纪轻轻已经"德高望重"起来。全国的青年作家们盼星星、盼月亮一样盼着李敬泽表扬。李敬泽见面就对我说，你们河南的乔叶写得好，越写越好。我连忙感谢他对乔叶的帮助。在上海见王安忆，王安忆是大作家，见我就说你们的乔叶蛮好，我喜欢。会议期间又一次碰上，王安忆又夸奖乔叶，这一次夸得细，开始给我批讲乔叶的两部作品如何如何好。我和王安忆也就是脸熟,两次谋面,谈论的完全是乔叶。一个大作家喜欢和欣赏另一个作家,并不容易。这使我明白,乔叶如今在全国文坛的名声已经很大,开始红遍大河上下、长城内外了。于是就对乔叶暗暗感激,她给我们河南作家长脸了。

细想起来,好像乔叶这种文学现象,也值得思考和研究。虽然是女作家,但她从不张扬。先是写小散文,摆弄"心灵美",没有几年时间,全国的各种报纸杂志上都在发表她的作品。产量高,面积大,屡屡获奖,差不多成了获奖专业户。然后开始转向小说创作,从短篇、中篇到长篇。又是到处获奖,连续冲上全国小说排行榜。在全国范围内红起来,当了省里的作协副主席,也没有见她得意过。有时候就想,这女人真能够装,真能够忍得住。有时候就想,她为什么就不会骄傲呢? 好像她一直在暗暗地成长,悄悄地坚守着什么。那么她在坚守着什么呢?

当年调乔叶来文学院当专业作家,是李佩甫跑来跑去为她办的手续。李佩甫经常感慨万千地说,到现在别说吸烟喝酒了,连乔叶的一碗面条也没有吃上。虽然是调侃乔叶小气鬼,却点出了乔叶做人的风格。好像越是尊重谁，就越害怕俗了，只把敬意养在心里。其实乔叶不知道，我们到了这把年纪已经不害怕俗，挣那么多稿费如果需要有人帮着你花，我们都愿意帮忙。

忽然想到，如果把两个作家对比一下，除了性别不同，乔叶的许多做派还真像李佩甫。为文认真，刻苦用功；为人用心，装得最像。作品好，群众威信也高。早早晚晚谦虚谨慎，好像天生就没有骄傲自满的意识。这是为什么呢？这一对比我算是明白了，终于瞅见了她的狐狸尾巴，她是因为胸怀远大目标，心里的格局太大，知道要走的路太远太长，远远没有到骄傲自满的时候。真好。但是我建议一下，有时候多少得意忘形一下，出几口长气，对身体健康有益。

因为乔叶是河南文坛的当家花旦，我们还得关心她的身心健康哩。

这就是我们河南的作家。完全可以当河南人的形象代表，像愚公一样勤奋，像岳飞一样忠诚，像老子一样自自然然。

2009 年 9 月

合二为一的行者

这个行者不是孙悟空,说的是小说家行者。现代人大都发胖,行者一直清瘦。同样也抽烟喝酒,就是胖不起来。他自己说肠胃一直不好。我觉得这是表象,恐怕主要是读书太多,需要经常消化东西方的思想和观念,精神负担太过沉重,就转化为对人体肠胃的消耗和压迫。

和别的作家不同,行者具有非常强的行政工作能力。他长期在南阳从事基层单位的领导工作,不论在宣传部,还是在社联,后来到了市文联做主席,他都很出色。经他手,南阳文联盖起了办公楼,还盖起了文学院,作家、艺术家们都分到了大房子。别说在省内,放眼全国也不多见。当然这主要归功于南阳市委市政府的厚爱,只是这厚爱是需要努力争取是需要辛辛苦苦落实的,这落实里就突出了行者的服务精神和工作能力,两者缺一不可。行者还有一个特点,为人一向低调。不但尊重领导,而且尊重同事。不仅说话少,而且声音不高。威信那个高,可以说在南阳文学艺术界,老少皆知,男女皆知。于是,在南阳社会层面上,谁都知道行者是一个好干部、好主席。知道他作品的人却不多,也很少有人知道他在文学上的价值和地位。

也可能还有一个原因,他写的小说属于阳春白雪,不太好读,不容易看懂。

这就是行者的特殊性。虽然他如鱼得水穿行于世俗生活,他的个人创作却是前卫性的、先锋性的,非常具有探索精神。他的作品,量不算大,但是品位之高,在文学圈影响非常之大。他的一些中短篇小说代表作,不要说和国内那些先锋作家比较,就是和世界上一流的先锋作家比较,在叙事的质量上,在小说整体的营造上,也毫不逊色。难怪著名的评论家陈晓明,只要评价中国的先锋作家,每每都要推荐行者。

不妨打一个比喻,如果说二月河的才华如同天女散花撒向人间，占有阅读的面积大，那么行者的追求就像是在走钢丝，或者叫剑走偏锋。

作家有许多种。文学需要各种各样的作家。我一直认为作家走的路宜窄不宜宽，越细越好，走过羊肠小道才能够到达高地。行者就是那种自觉远离大众层面，主动进行文学探索的少数人。

这是非常有意思的，南阳养出了誉满天下的二月河，也养出了潜行于文学形而上领域的行者。行者在世俗社会的具象生活层面如鱼得水，偏偏在精神层面不在乎大众评说，独独喜欢追求险峰上的风光。

这就结构出了一个作家的丰富性。从表象上看，真是南辕北辙，但细察内部精神品质，又呈现出合理性。这个合理性，就是一个作家的责任感。

行者不但具有强烈的社会责任感，也同时具有自觉的文学责任感。

这就是合二为一的行者。

好好弄，行者！

2009 年 9 月

《红酒》的启示

　　很偶然地,读《大河报》连载小说《红酒》,被吸引了。于是,天天读下去,读成了一件事情。读完以后有点小激动,到处打电话给朋友们推荐。对于一个职业作家,还能够从报纸上读到喜欢的作品,这种感觉很好。

　　其实,我认识《红酒》的作者南飞雁。我记得他年纪轻轻就写出了好几部长篇小说,有的还得了大奖。这些作品,我大都粗粗翻看过,也只是非常吃惊他写作的速度和产量。这次读《红酒》不同,让我欣赏的是艺术质量,是一个面目全非的南飞雁,完全像一个走向成熟的作家,令人刮目相看。

　　首先是语言。《红酒》得一句一句读,眼跑不起来。

那种走马观花、一目十行的阅读方法不灵了，因为字里行间藏着趣味，甚至有些用字都别出花样，使阅读本身有了快乐。这种作品能够把玩和享受，舍不得读快了，舍不得读完了。一个青年作家能够把语言摆弄到这种程度，不简单。这时候语言不再只是汉字的排列组合，文字间跃然而出的实际上已经是作家的思维形象了。也就是说，这时候语言完全成了载体，真正鲜活的散发气味的是作家的思维质量。我在阅读过程中常常停下来，欣赏和品味。有许多细小处的描写，拿捏得恰到好处而妙不可言。这是南飞雁用心写的作品。就感觉这浑小子忽然长大了。

再就是对整个作品的把握。南飞雁一下子背离了以他父亲为代表的老一辈作家，那种好坏分明的简单粗糙的二元思维模式。好像对事物的看法、对生活的认识甚至对笔下人物的态度，不再分割开来进行褒贬，或者歌颂或者批评。年轻人好像一下子明白了生活和人性的复杂性，开始从理性的宏观把握进入非理性的感受和猜测。从这里出发，由于作家的姿态低下来，就开始尊重生活的本质，就开始尊重描写的对象。于是，他用心塑造的这个人物，不再是我们可以学习的榜样，也不再是批评的对象，而是一个鲜活真实的人。只有在理解他和感受他以后，读者才开始接受作家的邀请，开始自己的联想和思考。

是否可以这样理解，《红酒》描写的是当下的一种司空见惯的生活状态，或者说是人们在生活中习惯了的思维形象？对这种生活状态和思维形象的进一步认识，那就是读者自己的事情了。你看，南飞雁已经知道给读者留下空间，邀请读者走进作品，一起面对生活，一起思考了。这就是一个作家走向成熟的重要标志。从这里，我们看到了一个青年作家开始起飞。

我大胆猜测一下，南飞雁在写作这部作品的过程中一定是快乐的。从这部作品开始，他尝试着享受自己的写作。这大概就是艺术的魅力，因为小说艺术本身也如同红酒一样深奥和妙不可言。真正入道了，才懂得享受。

无论如何《红酒》都是一个信号，据此我们有理由相信，南飞雁终于生长出了叙述的翅膀，希望他继续努力，创作出大作来。

2009 年 9 月

鱼禾的遗憾

知道鱼禾已经很早很早了。那是十五年前吗？那时候她还叫马素芳。李静宜介绍的。李静宜是《莽原》的编辑，可以说是《莽原》的一根审美的杠杆。许多时候需要依靠她的努力，来撬起《莽原》的审美高度。李静宜非常认真地向我介绍马素芳发表的现代派小说。看过以后很惊奇，她的语言感觉和叙述状态，印象深刻。从此记住了，我们河南还有这样一位毕业于复旦大学的才华横溢的青年女作家。没有见过本人。也没有打算认识。因为大凡才华横溢的女作家，大都不好惹，最好不要去见本人。后来她好像不写了。为什么不写了？也不知道原因，也没有工夫过问。反正好像再也没有读过她的作品。

后来就知道她在市政府的行政部门工作，可能是官场的辛劳和虚荣淹没了她？慢慢地把她给忘记了。

一个偶然的机会，去年邢军纪回到郑州采访，我们去看望他，遭遇了郑州市文联一位美丽的女领导。经过介绍才知道这是鱼禾，才知道鱼禾就是原来的马素芳，才知道她已经从市政府调到市文联任职了。唉，本洁来还洁去。转了一圈儿，又回到了文学艺术。心里这样想，当然没有说。后来虽然鲜见本人，却不断看到鱼禾发表的散文随笔，后来又读到鱼禾出版的散文集，接着陆续听到人们夸奖鱼禾的声音，好像谁都夸奖她的文字好。可能一是确实文章写得好，再是人也长得美丽吧？一个女作家，人再长得不难看，是很容易惹人注目的。

细读鱼禾的散文随笔，大都算是小品吧，确实像一颗颗珍珠闪闪发光。面对山水，或者是树木，或者是小草，甚至是一块石头，她都能够细心体会到妙处，去寻找去理解人生的或者说大自然生存的道理。再就是情绪，她那种弥漫着女性作家特有的湿润的审美情绪一抹起来，抹到哪里，哪里像开过光一样显得生动异常。于是，招惹得河南散文界的名角们都来捧场，孙荪说水平高，王剑冰忙着为她写序。鱼禾自然很快就成散文家了,而且在河南文坛的散文家中,鱼禾的文字确实出类拔萃。

只是我想,难道鱼禾就这么一直写下去?同时又想,她就这么写下去有什么不好?不知道为什么,心里为她感到不满足。说实话,如今她的语言还没有恢复到她早先的叙述状态。以她的语言基础和才华,再加上这些年的生活积累,她完全应该写出大气象的作品来。偶尔看到她如今得意扬扬的小样儿,不免为她惋惜。

请不要误会,我并不认为她一定要回到小说写作上来。我从来不重视文体的分类,还非常提倡跨文体写作。我只是觉得鱼禾还没有完全打开自己,她不应该长时间迷恋小品,她有责任有能力写出大作来。

那么,她在等待什么?她应该像乔叶一样,成为河南文坛的当家花旦。建议鱼禾去看看《穆桂英挂帅》,"我不挂帅谁挂帅?我不领兵谁领兵!"多一点穆桂英的豪气和气派,也增加一点社会的文学的责任感。

别磨蹭了,上花轿吧!我们在期待。

2009 年 9 月

苦海无边

其实王安琪算老作家了。

他在山东大学读书时就开始照葫芦画瓢地摆弄小说,竟得到山东作家张炜的欣赏和指导。这可是不容易,张炜是大作家。于是他大学毕业回河南工作,张炜就把他介绍给我。他开始喊我为老师,我也没敢当真。这年头当面叫老师,背后捅刀子的人不少。但张炜比我才高,高出很多,我自然对王安琪刮目相看,就当朋友吧。朋友毕竟是狗皮膏药,往哪儿贴都可以。

以后,有许多年吧,他写得很辛苦。也算有收获,曾经在《北京文学》得过奖。他的小说还曾入选人民文学出版社的年编,那是小说家的殿堂。于是,在社会上和文学圈子里,他也算小有影响了,还人模狗样地戴着眼镜,就混成一个作家了。

王安琪很聪明,他大概发现依靠写小说富不起来,也许是由于家穷想钱想疯了?忽然就下海经商了,竟然赚了很多钱,没有几年工夫就把自己摆弄成了拥有三个小公司的董事长。他一挣钱就做了件善事,资助家乡五个大学生上学。接着,他把自己全家以及一个弟弟、三个妹妹,从农村弄进了郑州。然后呢,又给家家买房子买车的,把整个一个家族变戏法一样变成了城里人,带领这个家族提前走完了农民城市化的进程。现在,这个家族的各个家庭又迅速横向发展,差不多有一百人了吧。

这个功劳大极了。他的祖先几千年没有办成的事情,让王安琪弄成了。他把这些农民子子孙孙地永远地带进了城市的天堂……

那时候旁观着王安琪的伟大壮举,我心里暗暗庆幸,这比他写小说强。心想着他也就这么走下去了,从小老板当成大老板,再当成富豪。先解决家人再解决人民群众的生活问题,最终让河南人民都过上好日子?从改变人的命运到改变历史,那可就要大了!

谁想到呢,这时候王安琪忽然把生意甩手给了夫人,他自己又回来写小说了。真让人替他惋惜啊!好好的金钱怎么不赚了呢?好好的老板怎么不当了呢?于是,痛定思痛,我才明白这家伙写小说是真的了。看着白白净净的小伙子挺聪明的,却原来是一个死心眼儿。

但是,说实话,在这之前我并不怎么看好王安琪的写作。如果细分作家水平高低,像王安琪这样的作家,社会上很多。当然,如果他就这么一路写下去,积少成多,再想办法把自己弄成专业作家,甚至再弄个国家一级作家职称,也不是什么稀罕事。码字为生,也算是正派人。中国人多,许多人都是这么混饭吃的。——是不是把话说难听了?

其实许多作家写得也很认真,追求得也很执着,甚至比王安琪还要死心眼儿,但是写来写去就那样儿,只见数量多,不见水平长,活到老写到老,也就是个劳动模范。

唉,全死在了"大众写作"上,苦海无边啊。

王安琪确实是聪明人,好像重返文坛不久,他早早就发现了这个"大众写作"的危险性。他开始读书,他开始思考,也经常和我切磋,他试图向个性化写作突破……

但是,发现问题并超越它,往往是两码事儿。这中间有一个漫长的过程。

这需要语言从一开始就脱离群众,寻找语言自我的独木桥……他开始下死功夫磨炼。好像越认真越下力越找不着?一直到五六年前写这部长篇小说《乡村物语》初稿的时候,他才找到新感觉了……

也就是看过这部《乡村物语》以后,我才看到了一个作家蜕变成功,王安琪已经卓然成家。

祝贺!我连忙告诉张炜,你当年播下的种子忽然发芽了!

先说语言吧。

读《乡村物语》就像听民间音乐。你大可不用追着情节、细节感受故事和人物,就一句一句读这语言,品这语言的韵味,就是一种享受。

我小心翼翼地把它对应民间音乐里的乐器,试图区分它的特点和个性,我发现它不是大弦的悲哭和高唱,也不是二胡的轻轻诉说，倒好像是用竹器做成的疙瘩笙在自言自语时呼吸出的小调，是飘扬着的丝丝缕缕的孤独和忧郁……

这就是小说语言的秘密吗？

我们甚至可以说在小说里讲什么故事并不重要，讲什么故事都是可以讲出味道的，重要就在这"讲"本身里。有一句话叫形式本身就是美，或者叫形式本身就是内容，其实可以更进一步叫形式就是美的开始。

农民说，地没赖地看谁种哩，戏没赖戏看谁唱哩，也是一个意思。

读中国作家沈从文和孙犁的小说，人物和故事重要吗？重要的还是语言本身，语言就是他们的审美主体。把水讲出酒的味道来。他们是语言大家啊！

忽然想起来，我在 1985 年写过短文，"小说就是小说，不是大说和中说"。也就是说，小说小说，小的地方说。小说语言是个性化的，相对应大众语言就是一种"不正经"的语言形式。

于是，由于《乡村物语》的写作，王安琪终于获得了一个作家的话语权利，找到了只属于他自己的"语码"。

再换个话题吧。

在《乡村物语》反反复复的漫长到数年的写作时光里,王安琪独坐在城市里的电脑前,满怀着对乡村温热的情感,凭着童年时候对乡村的一些记忆,给我们讲述发生在遥远的乡村里的传奇故事和人物命运。但是,通过故事和人物的索引,更多描绘的还是中原乡村的全景式画卷,比万里长城还要长的纵向的历史长度和非常宽阔的生活面积,向我们展览式地"物语"了乡村生存的文化状态……

无疑,这部作品是"物语"给城里人看的乡村生活,甚至是"物语"给外国人看的中国乡村的生活,好像真实得实实在在、活灵活现,确实又不乏生动的细节,似乎触手可摸……

但是,我们相信吗? 这就是真实吗?

当然是不真实的。我们没有任何理由相信王安琪的故事和人物的真实性。相反,我们可以凭各自经验,从任何角度出发,指出他描写的虚假性和欺骗性。

但是,没有必要了。

因为,这并不重要,他只是在"物语"罢了。

现在，小说已经完成，真实的生活再也不重要了。

我也趁机再卖弄几句阅读感受？相对于王安琪的描写，那些真正发生在乡村里的真实人物和事情，随着时间的流逝而流逝了，只有王安琪对它们的描写进入了语言存在。于是，相对于王安琪的描写，那些真正发生和存在过的真实生活再也没有了意义。

甚至还可以说，如果王安琪不描写它们，它们就像没有存在过一样。

它们存在的全部意义，也只是在等待着王安琪的描写。

这就是真实。

这才是真实。

这就是小说家的全部真实？

与安琪共勉吧。

2007 年夏

本文系长篇小说《乡村物语》序

小的地方说说

《我是真的热爱你》这部长篇小说,最初刊物发表时叫《守口如瓶》。我是那时候读到的。据说后来出书的时候出版社一定要改书名,就弄成了《我是真的热爱你》。这一改,显然就减色了。没有办法,乔叶是青年作家,青年作家就得听出版社的。现在出书,好像主体在悄悄地转移,作家写好以后要经过出版社"做"一下——他们叫"做书"。"做书"的慢慢拥有了特权和霸权一样。当然也有做好的。可惜这次做砸了。本来很有味道的一个书名,被自作聪明的人做平庸了,做成大路货了。

乔叶是青年作家。还是个女作家。青年女作家这年月都惹眼,市场也比较热销。她选择干作家这一行,真是选对了。她出道的时候写青春散文,靠数量占面积,摆弄"心灵美",在全国范围内造出了影响。后来可能是觉得不过瘾?她又写起小说来。也可能是觉得小说的稿费多一些?先写中短篇小说,越写越胆大,写着写着找到感觉了?就写起了长篇小说。这就是她的第一部长篇小说。看过这部作品以后,我明显感觉到乔叶一下子长大了。因为在这之前,虽然她的体积并不小,说话做人谨慎和谦虚,总把自己装蒜成一个可爱的小女人的形象。有一点貌似忠厚?现在看来这是一个鬼丫头,鬼得妖。——如果不是妖精,怎么能够写出这种小说来?

这是一部写"小姐"的长篇小说。社会上这么多人做"小姐",千千万万个"小姐"已经组成了一个浩浩荡荡的职业阶层,也算中国特色的"地下工作者"。总不能欲说还"羞"吧?终于有了一部正面描写她们的长篇小说,这就是作家的社会责任感吧?

在这部小说里,一对出身农村的亲姐妹,从社会底层出发,为了生存,在生存环境的诱惑、围困和逼迫之下,慢慢滑入江湖,做起了"小姐"。小说没有简单地写成一个冤案,那就成报告文学了。这部小说的成功之处在于细,乔叶把她们由姑娘变为"小姐"的过程写得很细,细出了必然的结果。看过之后使人想到,如果把我们置于她们的处境,我们也不得不做起"小姐"来。这就有了合理性。合理性一下子拓宽了小说的面积,作品就合理得丰富多彩起来。这时候我们就发现乔叶的过人之处,她从"小姐"这里展开,或者说规定一个视角来观望,一点点地展览出这个大社会的画卷。而且不动声色,一盘菜、一盘菜端出来,终于端出来一场当代生活的盛宴。最让人称道的是,作家也不急于简单地批判什么,只是邀请读者一起来感受生活,让读者自己去感慨万千……

可惜的是,作家这样的描写虽然很自然地铺到了,却并不主动……

再一个就是写性。既然是写"小姐",性是躲避不开的。看过这部小说,我又一次佩服女作家,真正会写性的还是女作家。就像在爱情里一样,女人永远比男人勇敢和忠诚。原来写起性来,女作家也比男作家大胆和细腻。还有一个区别,男作家往往写性写细了就容易写脏了,女作家写性写细起来却很动人和美丽。我近来看过乔叶很多作品,在性描写区域她走得很远,却细致动人。——你说,她不是妖精是什么?

这部小说还有一个可贵之处,并没有简单停留在"小姐"生活的表面化描写上,而是悄悄地写到了深刻处。这个深刻处就是纯朴的农村姑娘变为"小姐"的过程中,随着生活内容的改变,她们的内心出现裂变的复杂性,也就是作家的描写进入了人的精神的转移层面。这就一下子挠到了小说艺术的隐秘之处,人性的风景由此一层层展开,于是作家叙述的质量在这里提高起来……

可惜的是,作家在这里显然并不自觉……

记得看过这部作品以后,先是为乔叶高兴,第一部长篇小说能够写到这种程度非常难得;后来就想到了《茶花女》《羊脂球》《杜十娘》《月牙儿》等一些作品,和乔叶的这部作品比较一下,就觉得乔叶写得还是小了?是格局小。是心里的格局小。很想对乔叶说,别再貌似忠厚别再装羊了,狼就是狼嘛。因为在生活中表演习惯了,就会进入对自我内在精神的影响和伤害。一个作家应该把天地放开……

又觉得这些话多余。

唉,明明让来说好话捧场呢,又认真了。毛病!

2008 年 1 月

男人的忧郁和美丽

在小说家里,我是喜欢读诗的人。但是和邵超认识多年,并没有认真读过他的诗。由于他长期在县里任职,是个官员,就误解和忽略了他的诗歌品位。直到近来集中阅读他的诗稿,才明白自己欺骗了自己。多少年没能欣赏邵超的诗歌,觉得实在遗憾和懊悔。不是对不起邵超,是对不起我自己。

现在我明白了,邵超能够长期抵抗和忍受官场的恶俗,是因为他写诗。

阅读邵超的诗歌,和其他诗人不同。他没有其他诗人的疯狂和偏执,似乎也没有造作的激情和虚构的痛苦。好像他从来没有放声歌唱过,更没有咆哮和呐喊过。也可能由于职业的关系,理性永远像座山一样压迫着一个男人的性情。我猜测着,正因为如此,他把职业的属性和纯洁的诗歌最大程度地协调起来,在一个男人身上产生了和平共处的奇迹。于是,他才没有精神分裂,才没有把诗歌写俗写脏。上班的时候他是正直的官员,从官场逃匿出来进入诗歌的时候他又是一个纯粹的诗人。一个人过着两种人的生活,能够同时生活在两个思想境界里边,就应该是一个天才。

我喜欢邵超的诗歌。他像一个真正的小说家一样,什么时候都能够在小的地方说说。他似乎天生不喜欢宏大的叙事感觉,永远着眼于细小的场景和细碎的感觉。他甚至能够把草原和大海写得小下来,小到一株草和一朵浪花。然后呢,再去品味一株草的命运,再去感叹一滴水的胸怀。就连小小的门槛,他也能够感叹出人生的无常和困惑,好像说只一步就跨进来了,然后是一生再也迈不出去! 这样的诗句到处可见,怎么能够不让人感动和忧伤……

作为男人,邵超是一个高大的美男子。但是,读他的诗歌,却发现无处不在的忧郁和无助。他的叙述语言有一种典型的优雅,已经优雅到美丽的程度。就是读邵超的诗歌,我才第一次想到用美丽来形容一个男人的情感。绝对不是娘娘腔的那种美丽,是一种典型的只有男人才具备的优雅的美丽情感。我猜测他在世俗生活中一定很少释放这种美丽,只把它们收藏在自己的诗歌里边。

邵超诗歌的另一个特点,就是他很少在诗歌中给你一种肯定的认识和结论,通常只是感叹和困惑,好像他过早地明白人对于事物的认识能力的局限性,而又不甘心这种无奈,便一次又一次触摸这些脆弱的感情,让人心痛和心碎。他的诗歌永远展现的是感觉过程中的思考和感悟,似乎永远没有尽头和目标。于是,在他无数次的对于敏感思维领域的触摸中,就自然而然地裸露出许多的禅意。这些禅意,无疑是诗歌的精华。可惜的是,他还没有这方面的自觉性。于是,他的诗歌就还有许多升华的空间。

我猜测着,邵超一定活得痛苦,在世俗生活和纯粹诗歌之间游走,活受罪。我猜测着,邵超一定活得快乐,因为有诗歌,他能够享受美丽的孤独和忧郁,很幸福。

幸福和痛苦只是一种感觉上的差别，可以说也只是一念之差。从来就没有行为上和本质上的区别。如同色不异空、空不异色一样，如果想明白了，色就是空、空就是色。

就算是给邵超的诗集一个序言？

2014 年 9 月

本文系诗集《一阵风吹来》序

和女儿一起成长

张笑尘是我的女儿。过去,我很少看她的作品,更谈不上指导。很可能是她非常害怕我的指导,故意一直不给我看。不论是文字,还是绘画,她一直不喜欢我们打扰。她觉得这是她个人的秘密,和我们没有关系。现在的孩子都很自我,也算自私。这难道就是现代人的现代性?

我夫人总是忍耐不住,通过女儿的博客、QQ 空间阅读女儿的作品,传达给我一些信息和片断。我一直忍着不看。我能够忍住,这点耐心我有。年纪大了没有别的长处,就是能够沉得住气。这一忍就是许多年。女儿今年十四岁了,夫人动意把这些作品结集出版,希望给女儿的成长留一个纪念。女儿像小鸟一样长大就飞了，我夫人的本意大概是想给自己当妈的留一个纪念。书名是女儿自己起的，叫《我的单词簿》，另一本绘画集叫《我的涂画册》。还别说，挺有味道。我夫人鼓励我给这套《张笑尘作品》写序，这就给了我集中阅读的机会。

我看这些作品，如同女儿送给我的礼物，读得格外认真。和读别人的作品不同，可能是感情蒙蔽了，我竟然为女儿在文字和绘画方面的天赋吃惊。经常停下阅读发呆，不敢相信这竟然是一个十四岁女孩子从七岁开始的创作。

这可能是通病。天下的父母，谁都夸自己的孩子好。我也不会例外。不同的是，我还不晕。因为大凡在少男少女们身上，只要我们愿意发现，都能够看到闪闪发光的才华。也可以说其实孩子小的时候，人人都是天才。但是，这些孩子长大成人以后，成才的比例又很小很小。

这是为什么呢？

可能是我们的传统教育方法和意识的沉重压迫，也可能是自身成长的能力不断削弱。这些可爱的孩子，慢慢进入社会秩序，从自然人转变成社会人以后，长大成人的过程其实就是被社会秩序异化的过程。等到他们终于成熟了，大部分也都平庸了。就这么回事。人，一代、一代无法逃脱。这好像是一个潜在的规律。不过认识到这些容易，冲破它其实很不容易。

现在让我们来试着回顾一下，如果仔细分析古往今来的那些成功人士，特别是那些少数的天才，大都经过三蒸三晒的磨炼，走出命运的情节或者细节上的九死一生，或者走出的是精神上的困境和痛苦。许多人倒下了，他们是剩下的那些幸存的极少数人。我们看到的是他们头上的光环和虚荣，看不到他们内心的痛苦。

智慧是什么？实际上是用积累起来的烦恼长期发酵以后蒸馏出来的酒。

成就是什么？其实也就是人生的孤独和寂寞的无聊拼图。

什么是人才？如果你的心脏已经磨出老茧，如果你的思维状态已经病态和癫狂，基本上已经精神错乱，过不得正常人的生活，这时候就被称作人才了。

这么一说大家就明白了，由于我的这些错误意识和观念,作为父亲,我是不大希望女儿成才的。这一点,我不如我的夫人心大,没有她意志坚定。只要健康,我希望女儿最好做一个普通人。一个人只有活得平庸,才能够享受到幸福生活。

但是,我希望女儿受到最好的教育,不要像我当年因为贫穷只读到高中。我也不反对女儿的追求和发展。因为我同时又明白,一个人如果对自然、对人生有所发现并能够不断表达出来,也是一种精神上的愉悦。幸福生活大概由两部分组成:一是物质,二是精神。精神永远大于物质。

你看,这就是我的思想矛盾。既想让女儿优秀,又害怕女儿受苦。这就是父亲。我想天下的父亲大都差不多,大概都是这样? 于是,其实怎样教育和帮助女儿成长,我在家里并不做主,大都听我夫人的。我夫人才是家长。

那么,怎样才能够当一个好的父亲? 这是我现在的困惑。不过有困惑也不要紧,有困惑才是生活。走出困惑提高认识,人才能够进步。

真是需要活到老学到老,看起来我自己也有继续成长的问题。

那就在我夫人的带领下,和女儿一起成长吧。

2009 年 9 月

本文系《张笑尘作品》序

郑州的时间和爱情

在"北京时间"以前的许多年代里,人们一直生活在"郑州时间"里。自人类起源以后,一直在寻找掌握时间的工具和方法。到了元代的郭守敬,在郑州市郊的阳城村终于建起了观星台,并且以这里为中心,向天下四面八方派出了二十七个观测站,最远曾经到达莫斯科,几年以后终于创造出了"授时历"。从此,历史才真正进入了时间的刻度,全人类都生活在"郑州时间"里。几百年后,欧洲才出现了公历。不过,就像引进西医以后的中医一样,人们并没有抛弃它,农历和公历开始并列存在。

不过,在"郑州时间"诞生之前距今三千六百年以前,郑州这座城市就诞生了。在遥远的三千六百年前,郑州曾经是当时世界上最繁华的一座商城,那应该是古老的大河文明的结晶。后来为什么就没落在了历史深处呢?我们可以在这座城市的周边环境里猜测到答案:郑州的东边,在中国的美男子潘安的故里,是历史上官渡之战的古战场;郑州的西边,就是历史上著名的楚汉"鸿沟";郑州的南边是嵩山和少林寺;郑州的北边是永远的黄河。显然,这座大河文明的标志性城市解构和没落在战乱的灾难里。

自三千六百年前的辉煌之后,郑州这座历史名城就淡出了历史舞台,一直生活在历史名城洛阳和开封中间的折光里。但是,她从没有停止过呼吸,在几千年的历史长河里,她起起伏伏、闪闪烁烁在历史的压迫下忍辱负重,一直抱着重现光明的希望,执着追求着历史的前途。有时候我想,郑州这座城市更像是河南人一样,吃苦耐劳和智慧乐观,低调并固执地守望着中原文明。也像一个马拉松运动员,几千年来一直奔跑在历史长河里。她点点滴滴地积蓄了几千年的力量,时刻等待着和准备着焕发青春。

在中国近代历史上,二七铁路工人大罢工是在郑州拉响的汽笛。从此一声怒吼,郑州这才重返历史舞台。后来抗战期间曾经在郑州花园口扒开黄河,制造了历史惨剧。其实,郑州真正开始重新繁华,是在上世纪50年代。那时候在新中国的经济建设格局中,郑州被计划建设为轻工业纺织城市。于是,在这块土地上,大规模的城市建设于几千年后又开始了。于是,从上海、从北京、从广州、从东北移民来了国家大量的精英人才,在支援内地工业建设的旗帜下建设起了新的郑州城郭。于是,河南省的省会从开封迁到郑州。于是,地处京广、陇海两条铁路交会处的郑州,成为我们国家重要的工业和交通城市。后来,这座无比古老的城市就出现了奇异的文化现象……

可能是属于内地的移民城市吧,在这个城市生活的外地人比老郑州人多。首先是老郑州的方言被挤到了角落里,甚至开始慢慢被人们遗忘。人们迅速在河南话的基础上改造,形成了统一使用的河南普通话,后来被人们称为中州话。中州话的特点是虽然河南味道浓郁,但全国人民都能够听懂。再就是这个城市从来就没有排外的意识。外地人不用费力,很快就能够融入郑州生活。甚至可以说,在郑州生活,外地人永远比老郑州人吃香。这个文化现象的结果是,郑州虽然有着古老的文化传统,却扔掉了传统的思想包袱。郑州轻易地就张开自己的文化胸怀,像海绵吸水一样善于吸收外来文化和新生事物。不论什么新思想新观念新方法,郑州的囫囵吞枣有着惊人的能力,中原文化的胃好,很快就能够消化并转变成营养。于是,国外的国内的,南来的北往的,谁都可以在这个城市里和他人和谐共处,大家一起发展、实现梦想。于是,这个城市近年来的发展能力开始爆发,迅速成为我国中西部思想最开放、经济最活跃的城市。我曾经和一个来访的法国朋友开玩笑,这样来介绍郑州:从文化现象上来说,郑州是中国内地一个移民城市和冒险家的乐园。

如果在河南人里细分,我其实是洛阳人。为了当省里的专业作家,我才到郑州定居和生活。但是,在郑州生活二十年后,我已经郑州化了。我的具体生活感受是,这个城市没有狭隘和虚荣,在郑州,从思想到行动收放自如,既能走出很远,收回来又能够藏得住人。我懂一点植物,打一个比方吧,郑州就像一棵几千年的石榴树,本来已经苍老得没有力气结出果实了,却能够张开文化胸怀,在枝条上嫁接外来文化的新石榴树苗,就使老树结出了累累硕果。春末夏初的季节,我在盆景园里常常看着老石榴树燃烧着盛开的花朵,就觉得是郑州这座文化古城经过几千年的追求,终于得到的爱情。

2008 年 10 月

从《长江文艺》出发

1979 年 11 月,《长江文艺》发表了我的短篇小说《土地的主人》。责编老师是李传锋。一下打开了我。我也从此从盲目走向盲目,踏上了文学创作的不归之路。文学创作呢,也慢慢改变了我的生存方式,甚至是命运。于是,我一直感恩《长江文艺》和李传锋老师。

《自杀叙述》这部中篇小说发表于 1992 年的《北京文学》。责编老师是陈世崇。如今已经二十多年过去了,能够被《长江文艺》"再发现",重新刊登出来,真的是幸运。我也好像转了一个圆圈儿,从《长江文艺》出发,又回到了《长江文艺》。

作家一生写下许多的作品,发表以后,每一部作品都有自己的命运。并不是写得好就有好的影响和结果。阅读世界同样充满了许多的偶然性，完全是机遇在摆渡。这和人生有着同样的道理。德才兼备也只是做人的准备和基础，并不见得能够走向灿烂和峥嵘。许多德才兼备的人大都平庸一生。那些走向高处的人并不见得德才兼备。偶然和机遇，常常结构出许多奇怪的命运。好在作家写作是为了读者，更是为了自己，有人叫好也罢，无人叫好也罢，自己心里完全明白，并不去太计较得失。

写作和修行大概是一样的道理，能不能成佛并不重要，重要的是过程和态度。

2015 年 10 月

辑三　揭谛揭谛

李伯安的过程

　　其实二十多年前我就认识李伯安了。

　　那是一个下午,在洛阳老城小胡同的一间民居里,我第一次见到了李伯安。那时候我刚到洛阳当学徒工,人在年轻时心高胆大,不明白艺术家生活的水深水浅命运无常,就不大安心本职工作,闲来就写写画画,梦想成为艺术家。有个学医的老乡叫郭永召,谈起艺术却口若悬河才华横溢,他一直鼓励我,有时候也指点我。有一天他忽然神秘地对我说,给你介绍一个大人物吧,也让你开开眼……他说的这个大人物就是李伯安。

　　现在时间一长别的都想不起来了,只记得李伯安和郭永召曾经是同学,那时候他也就二十多岁的样子,已经是画家并且到省里工作了。看那样子，只要他回到洛阳，老同学们就来找他谈艺术。在我的印象里，李伯安一点也不狂傲，倒是有一点书生的文静，说话声音也不高，慢慢道来很有层次。在说话上还没有郭永召口满和才气逼人。他当时谈了些什么，我已经记不得了。只有一个细节令我难忘，那就是郭永召向大家介绍我时，他一直躺在床上并没有坐起身，只用脚点着我对李伯安说，这孩子也好写。就这么一句。李伯安也只是看了我一眼，什么话也没有说。虽然我当时还年轻，但已经懂得掩饰自我难堪，厚着脸皮对着李伯安笑了笑。我想他一定记不得我的笑，后来多少年过去，他应该想不起来曾经见过我。这就是我第一次见李伯安，也是最后一次见李伯安。一直到几十年后他突然倒在自己的作品前逝去，我再也没有见过他。

这就是我们洛阳人。虽然同在郑州工作，他是画家，我是作家，他还给我的小说画过插图吧？虽然谁也知道谁，但我们多少年里从来也没有想到过见见面说说话，联络一下老乡的感情，继而在世俗社会里行走时互相有个照应。好像洛阳人天生的孤独，出门在外闯生活时大都单打独斗,格外喜欢一个人的战争。好像我们洛阳人太明白人生的路是需要自己去走的,这个世界是需要自己去面对的,也只有自己才能够证明自己的存在价值……

李伯安去世后朋友们为他办的第一次画展,我去看了。那是一个细雨蒙蒙的上午,著名书法家王澄打电话来,约我一起去看李伯安的画展。王澄在电话里显得有点激动,一再说你一定要去,最后说你在家等着,我现在开车就去接你。这么强调而且这么激动,这在王澄是很少见的。并且等我上车以后,王澄马上又介绍李伯安的作品怎样不得了,是和中国艺术史上的《清明上河图》《流民图》一样的不朽之作……

不朽之作!王澄能够这么说,我就掂着了分量。

果然,当我真正站在巨幅《走出巴颜喀拉》百米长卷面前,我一下就惊呆了。我不懂画,在我有限的阅读经验里,我觉得他好像使用的是中国画材料,但是最突出的却给人一种油画的感觉;再仔细看,到处又都是雕塑的狰狞;再仔细看,好像什么都有,又什么都没有,只有画家强烈的色彩与线条在诉说……

他诉说的是一个民族的苦难历史,也是一个民族的奋斗历史,虽然画面超现实的意味很强,逼真到摄人魂魄的程度,但是整幅画作抽象出来表现的只是一种精神,完完全全是我们民族精神的历史……

当时我就想,构思这种杰作该有多么大的胸怀和勇气,完成这幅画该需要付出多少力量啊!

确实出于激动,后来我就在我主编的《莽原》封二上写下了几句话:李伯安是中国20世纪末出现的奇迹,忽然隆起的一座艺术高峰!……

但是,作家总是一个胡思乱想的人,追踪寻问李伯安现象的过程和内容,才是我最关心的地方,于是我开始留心,有关李伯安的各种信息如潮水一样涌过来……

这才知道,李伯安生前原来生活得很平常,这么伟大的艺术家,在他活着时并没有任职省美协主席、副主席之类,更别说中国美术家协会了。自然开会也不坐什么主席台,吃饭也不坐什么上席,行走也没有专车。后来又知道,他在供职的单位也没有什么有头有脸的职务,不过是出版社的一个普通编辑。他平时很少说话,甚至有一点木讷,更别说什么出语惊人了,好像他只明白画画……这就是李伯安!

一个主动退出世俗社会的人。一个也可能是由被动到主动拒绝世俗社会虚荣的人。一个不重名利的人。一个也可能是由不自觉到自觉淡泊名利的人……

于是我在想,他开始的时候是一种退却,由于名利场上竞争的激烈和残酷,他慢慢感到了自己的软弱,和别人相比,甚至和任何人相比都不是人家的对手,开始退却、退却、再退却,一点点地退回到了自己的画室……

也可能是他比较了一下,觉得这样或那样都太消耗自己,还是画画吧! 于是,由主动退却到自觉选择,自然而然形成一种态度,那就是艺术家的纯粹……

于是,他开始了一个人的战争! 他生活在另一个大千世界里,把他对这个世界的感受画下来,把他的思考画下来,把他对生活的希望画下来,把他的生命过程画下来……

是这样吗? 李伯安,请你告诉我这一切吧!

然而没有回音,只有伟大的百米画卷永远在诉说,诉说着苦难,诉说着历史,也诉说着我们的希望……

2001 年春

胡涂乱抹曹新林

一个从来没有染指线条和色彩的小说家,来写一个画家,只能是胡涂乱抹……

从小处说起吧。虽然早早就和曹新林一起在省文联供职,由于他在书画院,我在作家协会,只在省文联开会时偶尔见到,很长时间内也只是脸熟。真正开始相识,已经在几年以后。那是在一个令我们彼此难堪的事件背景之下。那一年省文联评职称,也不知为什么,评到最后关头,却把我们几个业务尖子莫名其妙地拿下来了。作家有段荃法、郑彦英和我,画家就是曹新林。还没有公布,消息传出来,让我们吃惊。其实我们在业务上肯定没问题,问题可能出在做人的技法上。我们几个聚起来，一起苦笑着无奈，只觉得苦大仇深一般冤枉。于是，就结伴到省委几个领导同志那里去反映情况，也算是一种上访吧。

在我们这个小小上访团队里，郑彦英由于在省委宣传部供过职，数他路熟，找谁都由他带路。数我敢讲，见到哪个领导同志，由我先开口说明情况。记得老作家段荃法老拿着那个全国劳动模范证书，一遍遍打开给人家看。曹新林呢，腋下夹着一大卷得奖的画，一次次默默地在地板上展开这些名作，向人家汇报。后来呢，由于省委领导同志的关心和干预，我们几个还是给评上了。现在回忆起来，那是我平生唯一的一次上访，就取得了伟大胜利。可惜我不是总结经验的人，没有再推广过，再后来呢，做人就越来越小……

要说事情过去很长时间了，但是曹新林腋下夹着那一大卷画的可怜样子，永远留在了我的记忆深处。似乎象征着什么？意味着什么？反正从那时开始，我们之间建立起了革命友谊，后来又住到一个大院里，相互间经常走动，走着走着就走出一些感情来了……

曹新林出身湖南农村，由于家庭成分太高，一入世就受人歧视。特别是进城工作以后，城里人看不起他这个农村人，革命同志又看不起他这个地富子弟，他就受着双重歧视。这使他从年轻时候开始，就没敢高声说话和大声笑过，很多时候都是怯怯地小心着。我想这种特殊的长期的生活积累，逐渐就构成了社会环境、生存意识和自卑心理的一种合力，一直压迫着曹新林的成长。也并不全有害，我想曹新林的勤奋，恐怕也来源于对这种压迫感的反抗。从这个角度看，曹新林有福呀，家庭和时代背景，一直对他提供着特殊的营养，从而用压迫和苦涩来滋润着画家的成长。

上帝造人的形式各异，却都是公平的。

现在，我想尝试着理解曹新林早期的油画，无论技法多么超群，无论构图多么灵动，在绘画的情绪上总让人感到压抑和无奈。这种情绪并不伤害他的创作，反而推动着他色彩的凝聚力，于是结晶起来，就集中表现在成名作《粉笔生涯》，还有那一大批画农村老汉的油画。我一直不同意画坛对于《粉笔生涯》的评论，尽管都是高论。高论算什么？高论最容易荒唐。什么歌颂人民教师，什么讴歌教育事业……错了，那是苦行者的化身。

苦行,才是他这幅作品的灵魂。

还有那一大批主角是农民老汉的油画,画得更好。无论你怎么看,那些农村老汉,一个个都是被土地长期压迫、被命运长期折磨的奴隶。

从而,从这些作品的共同神韵中,传达出画家的心灵信息,画家和这些奴隶、苦行者心心相印。于是,一个绘画的苦行者的形象就逐渐突现出来。

只是修行,不问结果,这就是那个时期的曹新林吗?

我们把他前半生的作品放在一起来看,一直到画家的中年时期,就发现他笔下几乎全部是痛苦熬煎但不屈不挠的精神化石。阅读这些作品,忍耐、反抗、无奈、不平和永远的执着,燃烧着并冶炼着一个苦行画家的觉悟,迈向那遥远的能够自觉的方向。

当然,我不会忘记写几行曹新林为人师表的事迹。最初的时候,我不能够想象这样一个事实,他竟然把一百三十多位中原学子送进了高校美术专业。这样一位为中原教育事业做出了巨大贡献的人,除了他的学生之外,社会上还有谁为他在形式上喝彩过? 没有。这就是中原人吗? 这就是这个时代的丑陋形象吗?

一百三十多位,这个数字是惊人的,前无古人,后无来者,从哪个角度看,都是无比的辉煌。于是,他的学生们为他装修房子,为他结集出版画册,为他祝寿——在中州宾馆豪华大厅里摆满几十桌酒席。试问,谁见过这样真诚和热烈的场面?放眼中原,谁见过老百姓自发为当官的祝寿吗?没有。我没有见过。啊,这就是中原人?这就是这个时代的辉煌形象吗?

不过,我却想从另外一个角度,来看曹新林为人师表的行为。首先我想到,他的动机是复杂的。在曹老师无私无怨的诲人不倦的真诚外衣下边,也掩盖着一个画家另外的不自觉的动机,那就是他特别喜欢年轻人,于是,在向年轻人传播绘画知识、传授绘画技巧的同时,他也在向年轻人吸取着永不枯竭的生命激情和思维活力。

一直到现在,书画界都知道曹老师爱和年轻人在一起,却很少有人思考这是为什么的深意。因为曹新林从小到大,从大到老,一直生活在自己对自己的压迫里,他从来没有年轻过!

和年轻人在一起,别人都表扬曹新林,说他特别愿意理解年轻人,特别容易和年轻人沟通。错了!他不是特别愿意理解年轻人,他是特别愿意自己年轻起来。在他心底的意识深处一直藏着的那部分活力与激情,一旦遇到年轻人才能够被激活,被焕发,放射出光芒。

因为这是一个个案的分析,没有普遍性,只有典型性。因为由于生存的特殊性,画家在生理和物理上的年轻时期,却过早在意识思想上被压迫、被制服、被老化、被程式化、被模式化,甚至有点被僵化了? 而在画家中年以后,生理和物理上真正开始老化甚至迈向僵化的时候,他的思想意识经过他一生漫长的反抗和革命,终于觉醒起来,反而开始年轻起来了。

这就是曹新林,一个中国画坛的妖怪。

妖怪——我把这个名字送给他真好。

大概从 1993 年以后吧,他的油画开始摇摆着出现变异,奇思妙想开始放射出个性化的光彩。尽管没有一幅惊天地泣鬼神的画作问世,但是明显感到一个画家"出狱"之后的自由感。

走出自己的压迫,是这样吗?

他笔下的玉米林开始疯狂。他画的农民开始吆喝,开始由土地的奴隶向土地的主人转变。特别是那些女人,因为部分或整体的意识和个性解放起来,于是展示女性人体的美感和性感全化为一种载体,明显看到和感受到一个新世界在打开……

纵观老曹这十来年的油画,会有一种奇怪的感觉,好像他一生都在寻找一种东西,他为此付出了一生的代价。现在他终于找到了。

这种感觉是什么?让我猜猜,是一种完全个性化地对于这个世界和人生的深刻理解和省悟吗?或者是一种完全由个性化的感觉重新创造一个理想化的世界和人生?

写到这里我自己也被吓着了,老曹你这个老妖怪,你别变化得让我不认识了,一不小心弄成凡·高什么的……

唉,也许完全错了。一个小说家理解画家,能挠到什么痒处呢?

完全是胡涂乱抹,老曹不可认真。

2004 年冬

酒肉穿肠过

　　和吴行交往几十年了？只记得他二十五岁的时候，我们就在三门峡为他举办书法展览。那时候我就喜欢他的书法。并不是我的眼力好——我对书法还真是不太懂，是喜欢他的书法味道。从此，他开始叫我"张老师"。这种称呼千万不要当真，也只是因为我的年纪大，我知道吴行在糊弄我。

　　如果吴行说什么话，你就当真去相信，那就傻到底了。

　　后来到了喊谁老师就等于骂谁的年代了，吴行就不怎么喊我老师了，经常请我喝酒聊天，当长兄来尊敬。再后来他的名气越来越大，成为全国的书法大家了。就变成我去看他的多，他来看我的少。他越做越大，我越做越小，我就连忙上赶着巴结他。我这样做也算与时俱进吧。

特别是在我刚刚退休之后，他又当了省文联的副主席，实际上已经是我的领导了。这时候我也开始学习书法，吴行真的就是我的老师了。如今来给吴老师写文章，心里还真有点紧张，不知道分寸感在哪里。

由于吴行几十年行走江湖，见多识广，性格开朗，爱说爱笑，可以说有时候已经到了顺嘴胡诌的程度，这就形成了喜欢他的人多，反感他的人也多。经常是他把别人得罪了，长时间不明白为什么。大凡是有大才的，都存在这种现象。你不能够设想，一个艺术大家，又是做人的模范。除非你虚伪到家，达到伪君子的程度。——这几句是不是跑题了？

其实，我发现吴行是一个极其认真的人。主要表现在他的书法态度上。先说他的勤奋，可以说从早到晚他的主要工作就是写字。或者临摹，或者创作，痴迷书法的程度无人能比。我有时候甚至觉得，他写字不是在工作，因为太过热爱，已经到了快乐和愉悦的境界。再就是他的阅读,特别广泛和杂乱。如果细心观察,可以发现他的阅读大致分为两部分:大部分时间用来读帖,直接摸索古人的感觉,和古人交流情感;然后才是阅读学问,理解古人的意趣和性情。我一直觉得,阅读是一种营养,会不会读、能不能悟,直接影响一个人才智的成长。吴行的胃好,可以说在阅读方面他是嘴大吃四方,能够消化酒肉,也能够消化五谷杂粮。再加上吴行的天分高,就一步一层景了? 峥嵘登不尽了? 反正进步的速度,如同吹猪尿脬一样了。

另外,吴行的主意特别正。别看他经常在江湖上漂泊,在做人上甚至有点浪人的味道,但是,他对于书法艺术的追求,从来不投机取巧,牢牢地站在古典传统的基础上,一笔一画慢慢道来。怎么也想不到,像吴行如此聪慧的人,竟首先是以正楷名扬天下的。这就充分证明了一个书家的书法立场,所以吴行敢吹牛皮说自己是新古典主义书法,也就不奇怪了。

什么是书法的新古典主义? 我没有听吴行老师讲过。大凡做学问都有秘诀,秘诀是轻易不会讲给别人听的。我也就不问。我猜测着,书法的新古典主义无非有两点：一是完全师承古人，得古人真传，从传统文化中走出来；二是创新，这个"新"无非是加上自己对于天地万物变化以及人间沧桑的理解和认识，然后从个性出发，创造出自己的书法风格。最后形成来自古而非古，只传承古意不受古约束；出自新而非新，虽张扬个性却不背叛历史文化的立场。不知道我这么理解吴老师的新古典主义书法，沾边不沾边，靠谱不靠谱？

其实，我如今经常去吴老师的工作室串门，并不是太想见他本人。他赖赖的样子，说话口无遮拦，又不叫我老师了，这种人有什么好看的？主要是想看他的作品，就我个人认为他目前已经达到他一生书法创作的高潮，每每去看都有新的风景。

我常常一个人站在他的作品面前，默默地去阅读，有时候达到忘情的时候，就觉得是在阅读一个年迈老人的经典作品，古意盎然，陈香缭绕，使人心静如山。

然后呢，从阅读中走出来，再和吴行抽烟喝酒，又觉得他本人俗不可耐。

这时候就觉得奇怪，你无论如何也不会相信，这些作品会是这浑小子弄出来的。

这时候我就想起了一句古话:酒肉穿肠过,佛祖心中留。

于是,我就常常来想,我们既然都是俗人,那就谁也不能够免俗。能够做到在俗言俗,只当作过眼云烟,留取本真和立场永远不忘,这也算高人了吧?

我这么来写吴行,约等于瞎子摸象?

就这么糊弄他一家伙。

2014 年 6 月

一了笔墨化佛禅

一了在书画界的名声似乎越来越大了。欣赏他的人多,反感他的人更多。这正好像抬轿子,两根轿杆就把他高高抬了起来。

不久前见到一了,他似乎对这种效果也很满意。这年头作为一个书画家,让人吹捧容易,让这么多人反对甚而愤怒,也着实不容易。我也觉得,他还真有福气。

一了如今长期钻进嵩山深处太子沟,在自己修建的工作室里,带着一批学生,钻研佛禅并进行书画创作,似乎全不管天下世俗如何评说,我自心静如水。一个人脸皮能够厚到如嵩山巨石一样,也算功夫。

其实十几年前,我就认识一了。著名的女书法家胡秋萍曾带我去一了的工作室，欣赏过他的作品。那时候他虽然已经小有名气，却还在起步时期。给我的印象是，他也来自传统，并有着深厚的文化功底；只是思想迷惑，苦于不知道向哪个方向发展。后来不久，就听到纷纷传言，一了开始走出传统，胡乱创作，引人非议起来。

我了解根源。这要追溯到一了的青少年时期，他十六岁时曾跟随一位禅师学过佛禅。我想这恐怕是他的心灵基础。从此佛禅像一棵树苗一直在一了心中默默成长，终于长成了大树，这就自然影响到了他的艺术追求方向。

我曾经和一了谈过佛禅。我虽然是一个半吊子，毕竟也读佛禅。我很在意一了对达摩禅宗祖师的自我理解。他说达摩为什么要十年面壁？根本不是故弄玄虚研究学问，而是他遇到了生存和精神的困境。他从印度带着佛学来到中原，人生地不熟，先是生存出了问题，再是受到深厚中原文化的强烈冲击，使达摩开始苦恼。经过长期思考，这才让印度的佛学融进中原文化，从而创立佛禅，当起了禅宗大师。

我很欣赏一了对达摩的理解。因为修习佛禅的人，都明白如果当学问来研究，佛禅就莫测高深。但是如果用心去感悟，就会觉得佛禅很简单，很容易理解。佛禅到底是什么？让我胡说——无非是人在生存困境和精神困境中的灵机一动嘛。不管别人信不信，反正我信。因为理解佛禅很重要，我个人认为一了也是从这里出发悟道的。他似乎从佛禅出发，才接近了书画的本质。

中国的书画，自从唐宋以后，走到了高峰。走到高峰就会出现问题，我个人认为最大的问题是，重在表演。书画艺术完全成为一种表演给别人看的外相行为。问题就出在这里，只要重视表演，必然离最初出发时的本质越来越远。

我需要在这里说明的是，我并不反对甚至也赞成这种表演艺术。文化在发展，市场有需求，大众审美有要求，这没有什么不好。我从来都崇拜从古至今的书画大家，并且认为这些文化传统当然是我们的文化瑰宝，需要有人继承，需要有人发扬。

不过，如果在这里讨论学问，我就想尝试着追索一下，书画艺术源头的真相与本质。让我们试想一下，我们的先人当初顺手在石头上，或者在大地和沙滩上，写下这些线条，随意涂鸦，并没有准备给任何人观看，只是完全听命于自己的感悟和情绪。这说明什么？这说明书画从出发时并不是为了表演，只是听命于自己的心灵感悟。这恐怕就是书画的根。

观看一了的作品，我猜想他也是在这里悟道了。他的书法作品，还有近来的水墨画作，完全接近大自然，完全接近他自己的内心感悟，看他的作品不像做出来的，像直接从心里流出来的。也许猛一看，过于浅显甚至浅薄，再细看就会沟通和意会，接着会看得你心动起来，或是恐慌，或是喜悦，或是痛苦，甚至绝望和恐怖……

到这时候你就会明白了，一了是自觉走出传统，回归自然，回归自我，回归内心，叛变了世俗的书画江湖。

所以写到这里我得说白话了，虽然我一向喜欢庙堂书画的大家们，并和其中一些人还是朋友，但是我更偏爱一了的作品。因为一了的作品是心灵的痕迹，他是用作品化佛禅的。

2013 年夏

浪漫的囚徒

认识青年画家曹应斌之前，先认识的是他美丽的夫人刘琳。如同他们夫妇是一部书，我先阅读的是上卷。起初并不知道刘琳已经结婚了，只是觉得她年轻漂亮，并且别有韵味，与众不同。那时候我女儿张笑尘定期到"涂图绘画"学画，我偶尔陪着夫人去接女儿回家，自然而然就认识了张笑尘的老师刘琳。现在回忆起来，应该是2002年吗？张笑尘上小学二年级的时候。我们也不准备把张笑尘培养成画家，说素质教育也显酸，主要是让女儿有一个特别好玩的地方。

在我最初的印象里，刘琳穿着休闲随意，没有一点儿做作。我和她说话很少，她的眼神里流露出一种很纯朴甚至很古典的性情。现代和古典在她身上的谐调感，给我印象深刻。他们几个大学美术系毕业的同学，租房子挂牌，自己创造就业机会，办起了少儿绘画班。这种浪漫的行为令人起敬。他们在少儿美术教育方面，不仅重视绘画的基础训练，最重视的是点燃孩子们的创作欲望，呵护他们的天性。于是我女儿每每去"涂图绘画"上课，就像过节日一样快乐。作为家长，我非常感激他们。我为女儿在成长时期找到了精神乐园感到庆幸。

大概在半年之后，有一天女儿回家告诉我，刘琳老师对她最好。她负责教他们基础课，并负责班级管理。老师们中间，讲课最有水平的是一个男老师，他叫曹应斌。张笑尘神秘地对我小声说：爸爸，我们女同学都喜欢曹老师，因为他有"思想"。我笑了。尽管我明白女儿并不理解"思想"到底是什么，但她能够喜欢这个名词，已经让我很开心了。张笑尘一直坚持学习绘画到小学毕业，读初中以后由于学习紧张和住校生活带来的不便，这才停止了在"涂图绘画"的学习。记得是张笑尘小学三年级的时候，有一天忽然对我说：曹老师和刘老师是一对儿，他们在恋爱。后来有一天又对我说：不对不对,他们早就结婚了。到这时候,我才通过女儿对这对年轻的画家夫妇稍有了解。后来由于女儿的关系,我们两家开始交往,我才有机会第一次见到我女儿喜爱的曹老师,其貌不扬,还不到三十岁,虽然人清瘦,但眼睛里有一道光。交往多起来,我才知道曹应斌先生是一个职业画家,业余给孩子们上课。他大学毕业后,放弃了工作机会,在家专业画画,并通过卖画养家糊口。一个年轻画家能够特立独行到这种程度,如此的浪漫情怀,确实让人感动。我是拿着国家工资的专业作家,两厢比较,就看到了自己的懦弱。

好像是几年前春节的一个上午吧,曹应斌先生邀请我去他的画室看画。那时候他已经是北京、深圳、上海等画廊的签约画家,在"江湖"上已经崭露头角有些名气了。而他的画室却很简陋,租用的房屋里除了画,一无所有,显得空空荡荡。这就是年轻画家们的普遍生存状态,他们正在奋斗开拓前程,还没有能力享受生活。

记得整整四百多幅作品,他蹲在地上一幅、一幅为我展开。我一边看着,一边嘴里不停地说着"不错,不错"。当然有一点应付,甚至是敷衍?我虽然并不懂画,由于认识的画家朋友太多,经常看画展,也装几分内行的模样。但是,看着看着我重视起来,因为这些作品超出了我的阅读范围,我很少看到这样的作品。先是一种视觉上的冲击,后来发展到一种打击,看到几百幅作品以后,甚至就是一种精神上的压迫感了。我开始快速整理思绪,来整体思考这些作品。起初,我感到如果真正欣赏和理解这些作品,非常吃力。

我是一个专业作家,我的行当是摆弄小说。如果欣赏别的艺术门类,绘画正好是我的短板。对于线条和色彩,最是无知。当然我也有自己的办法,在这个世界上,只要遇到我看不懂的东西,我就会把它们当小说来读。我相信任何艺术门类都是相通的。由于我根本就不懂得绘画的技法,那么就当阅读小说吧,只重视作品带给我的真实感受。这是最笨拙的方法,不懂的时候不要装懂,可以依赖自己的直觉。在这批画作快看完的时候,我的思维逐渐清晰起来,慢慢收到两个点上……

曹应斌先生的作品风格独特,这个最初的判断完全可以依靠,因为这些绘画让我大吃一惊。主要是他画得非常"渺小"——当然不是在说他的作品画幅面积小,是说他关注和描绘的对象及内容太小太小了。这么说吧，这个画家关注的都是日常生活中特别容易忽略和忘却的小地方，要么是街头路边的垃圾桶，要么是街上行人的脸谱(不是一张脸而是大面积的脸谱)，要么是一群蝴蝶，要么是一队蚂蚁，要么是一堆摆放在一起的骷髅，要么是生长的一棵棵小草或者是开放的一朵朵小花……他画得小已经出乎意料，并且能够小到让人震撼的程度。

我当时就想，别人都是往大处弄，他却往小处弄，真是稀怪。

我知道这世界上其实没有什么大小之分，大到大处就是小，小到小处就是大了。但是，这些日常生活中容易被人们忽略的小地方、小东西、小事情，经过他的提醒，忽然格外醒目和突出起来。

看这些画，像一根、一根细细的长针刺进了肉，甚至刺进了心灵深处。

看他的画，爱得也心痛，恨得也心痛，烦得也心痛，愁得也心痛……这些组合起来的混合心痛，甚至让人产生隐隐的恐惧感。到底恐惧什么？是为我们曾经的过去，是为我们当下的日常生活，还是为我们的未来？一时又说不清楚。好像又不用说清楚，说那么清楚干什么？这人间的事，这世上的人，这身边的物，哪一样能够说得清楚？

第二个显著特点，是他作品的目的指向。看完以后我就明白了，他所有的画面都是在说理，浅显的是生活道理，深刻的是人生哲理。到这时候，我总算弄明白了，这个青年画家有点意思，他是在把线条和色彩当成语言工具使用，一直在给人们讲道理。如同萨特用小说研究哲学，如同陈凯歌用电影做学问，曹应斌在用画面自言自语。

由于我比他年长和世故，当然明白对于年轻艺术家来说，最重要的并不是正确的指导和认真的批评，对他们来说最好的营养就是盲目的吹捧和赞美。因为，年轻艺术家需要的是飘飘然，想办法让他们发晕，让他们痴迷进去，让他们疯狂起来，比什么都要紧。至于起步和成长，那是他们自己的修为，谁也教不了。古今中外莫不如此，任何伟大的艺术家，都不是哪个人教出来的。匠人教人技术，圣人教人态度。于是，我就模仿着圣人，什么好听说什么，认真糊弄了他一家伙，几乎没有发表任何质疑，哪怕是一点点……

又是许多年过去了。女儿是桥梁,我们两家虽然交往多起来,却一直没有机会再看他的作品。不过常常得到他的许多信息,国外也有画廊在收购他的作品了,特别是美国的一家画廊,很欣赏他的作品。还有一个重要信息,远在美国的一个有名的画家,画风几乎和曹应斌一模一样。两个画家从来没有见过面,也从来没有交流过,甚至互相也没有欣赏过作品,却如同师兄弟同出一门。美国画廊的画商感到十分奇怪,就对曹应斌更加珍爱。其实这有什么奇怪的? 世界这么大,有两个思维方法、表现手法接近的画家,是很自然的事情。

这就到了近日,曹先生要到北京去办个展,又要出版新画集,也不知道这个年轻人忽然发什么神经,想起了我这个外行,请我去看他创作的新作品。这次只有我们夫妇和他三个人,刘琳不在,空气多少有一点枯燥?

我发现由于画家挣钱多了,画室也大起来,不过仍然很简陋。我们先是品茶、聊天,然后才看作品。由于要去北京举办个展,许多作品已经装了画框,显得很正规。看过这些作品以后,明显感觉到画家的进步速度,和前些年的画比较,变化很大。画得越来越好,显然已经是一个成熟的画家了。

没有发生任何变化的是，他的绘画风格。他仍然画得很小，他仍然在用画面讲道理，而且越讲越深刻。联想到对他个人生活状态的一些了解，我的想法多起来。当然也是考虑到他已经是一个比较成熟的画家，已经有能力消化和享受各种各样的批评意见，再加上我们之间的感情，我开始胡说八道。真正是无知者才能够无畏，就因为不懂，说什么人家都可以原谅吗？

我对他的绘画风格开始质疑，为什么一定要使用画面来讲道理？而且差不多都讲得很清楚很明白，无论这些道理多么深刻，我关心的是这个画家到底明白这个世界上的多少道理？从我的作家行当出发，我个人总是认为这个世界上的道理是最讲不清楚的，通常是不讲还好，一讲就糊涂了。而且只要你一路讲下去，你就发现只会越讲越糊涂。一个只喜欢讲道理的艺术家，而且总执着要给人家讲清楚，这非常危险，约等于画地为牢，给自己宣判刑期，先把自己囚禁了起来。再看那些画框，我不禁想到把它们合起来就可以做成牢笼，里边可以装囚徒，这个囚徒正好是画家自己。

无论如何,艺术家不能够是道理的奴隶。

一个艺术家如果只喜欢拿自己的作品讲道理,还不如直接去当政治家和教育家,或者还有别的什么家。

还有一个发现,你就是使用画面讲道理也好,为什么总要讲清楚?难道你真的弄明白了这个世界?显然不是。那么,为什么不画出你的困惑和迷惘,邀请别人和你一起来思考?难道是因为长期教授少儿绘画,由于总要给孩子们讲道理,并要把道理讲清楚,积累起来给了你思维结构的伤害吗?或者是你总是把全部生活凝聚在绘画上,游离了人群的正常生活,对这个社会、对这个世界的理解开始低能下来?

一个艺术家的营养结构也是需要合理的,对于技能的学习只是一个基础,对于这个世界的感知和理解,恐怕永远是主食吧?

再一个质疑,你只用画面来讲道理,是否委屈了这些线条和色彩?任何艺术形式,都有自己存在的独特性,那么画家的线条和色彩除了能够讲道理之外,还能够干什么?甚至它们应该干什么?什么才是它们的独特性?将心比心,如同我自己对待小说这种艺术形式的态度一样，虽然我并没有写出名著，但是我理解恐怕应该经过迷恋进入崇敬，甚至对艺术形式有一种宗教感？

艺术家不只是自己从事的艺术形式的囚徒，而且应该是信徒。囚徒是被动的，信徒是自觉的。囚徒不容易觉悟，只有信徒才能够从自觉走向觉悟。不论是渐悟还是顿悟，只有觉悟了，才能够走进艺术的内部世界，回头是岸立地成佛。

——看我，真正是胡说八道了。越说越远，说成胡话和疯话了吗？

这就是我的毛病，总是喜欢胡思乱想，总是思考一些没用的问题。

好在我们是朋友，如果说错了话，那是因为对于绘画我本来就是外行。如果说了有用的话，那是因为你的作品实在太独特了，刺激了我，我的心智乱了套。

赶紧把话收回来，大概这世界上任何艺术形式和艺术作品，都是有缺憾的，从来就没有完美一说。对于这些外行的看法，曹老师不必当真。

2009 年 10 月

章草朝圣《道德经》

很久以来，我一直在暗暗怀疑，老子当年写出《道德经》之前，是仔细读过《周易》的。并且我更加怀疑，老子主要是读过《周易》的前两易《连山》和《归藏》，甚至可以说老子对这两部古书进行过深入的研究。这两部古书后来失传，只传下来一些只言片语。但是当时并没有失传，老子又曾经是国家图书馆馆长，猜测他读过这两部古书，应该并非妄言。

根据我自己读过的一些书和资料，《连山》和《归藏》与后来的《周易》最明显的区别是，前两易在八卦中都是"坤"为上，"乾"为下的。只有到了《周易》，这才颠倒了过来。由于《周易》最后形成的时期，应该为中国远古时期母系文化和父系文化的重要分割时期,这种改变并不足为奇。特别引人注意的是,当我细读过老子的《道德经》,"上善若水"为"众妙之门",可见老子直接传承的还是《连山》和《归藏》,并不是《周易》。并且老子又"道法自然",这种阴柔至上的意识基础和《连山》《归藏》一脉相承。

为此,我曾经在读过这几部古代经典后,暗暗妄自猜测,老子的《道德经》和孔子的"四书""五经"等经典著作,虽然共同传承自《周易》,只是老子传承的应该是前两易,孔子传承的才是后来的《周易》。我在这里大胆再猜测一下,孔子是仔细读过《周易》并且写出来解释《周易》的"十大传"之后,根据自己的心得体会,这才走出经典,开始自己创造性地著书立说。我的这种猜想如果成立的话,这就从远古的学问中看出了道家和儒家出发时的一些区别,从而找到了两位圣人传承的文化渊源的细微,甚至说根本的差别……

现在我们来说章草。

对于章草,我确实是门外汉。我虽然也喜欢书法,但对于书法的传承和理论并没有进行过系统和仔细的研究。就我知道的有限范围，也只是仅仅听说由于汉代的皇帝特别喜欢"速写"的隶书奏章，大家这才一哄而上，这便形成了后来的章草书法流派。再后来呢，历经各朝各代的继承和发展，一直发展到当代，章草书法在中国书法的传承里逐渐形成了自己的面貌和风格。而章草的魅力呢，就我自己的看法，在于高古和朴拙的基础之上，永远闪烁着灵动之气！这样，我们就可以说，钟海涛用章草书写老子的《道德经》，乃是一个绝妙的选择。

好了，应该说说钟海涛了。

好像只说钟海涛是一个书家，并不太准确。如果说他是一个文化人，比较贴切。因为他并不像如今有些人只梦想开书法公司赚大钱扬大名，从而一招鲜吃遍天。他的基础和目的还在文化上，书法只是他的一个爱好。

自古以来，中国文化历史上就没有专业的书家，大都是大学问家。中国当代书坛一些人只为书法艰苦奋斗的努力，恰恰违背了中国传统的书法精神。

钟海涛着迷老子的《道德经》，又着迷章草书法艺术，这就自然而然产生了灵感，用章草来书写老子的

《道德经》，这是一种自然生长，而非嫁接和拼凑。我甚至觉得，这是章草书法对老子的一种朝圣。在这里，也就显出了钟海涛作为一个正直的文化人的一种品格和主动追求……

其实，在这之前我已经读过钟海涛的一些章草作品，并且还专门看过他的书法展览。后来经他自己说，他对于章草艺术的追求过于偏爱古朴，却不够灵动。我暗自发笑，一个人也许最不了解的就是他自己。所以我不这么看。钟海涛是一个温厚中藏着内秀的人，一个人不论追求什么样的艺术风格，到后来都要和自己的个人性情接通，才会有大的飞跃。那么，既然钟海涛的性情是以温和与厚道见长在表面，内里却藏着许多的灵秀，为什么不张扬自己的性情，尝试着把古朴推向极致呢？

我这样看，古朴和灵秀本没有矛盾，两者并没有对立，觉察到对立，那只是局限在技术层面，拘泥在书法的章法里了。其实古朴到极致就是大的灵动，灵动到极致必然回归古朴。这里好像有一个细微的差别，我权且认为执迷于《道德经》毕竟是本源，过于着迷于章草的章法与技术，那就是一种多余的挂碍了。虽然挂碍无形无影,却是严重影响一个人的思想境界的。不管别人怎么看,我就这么看。

如果这么来看,就可以这么来说,钟海涛的章草艺术虽然已经达到相当高的水平,却还有更加远大的上升空间。至于他以后,走到哪里算哪里,也没有必要拘泥自己,走到哪里,哪里都是风景。一个人的艺术境界永远决定于一个人的艺术态度,一般来说大的艺术境界大都是偶然进入的,并不是或者往往不能够执着而得。学问家讲执着,佛家却讲不执着。"执着"与"不执着",好像虽然只是一字之差,却在思想境界上有天壤之别。

但是,无论如何,章草朝圣《道德经》,是一件幸事,值得祝贺。

2013 年初冬

揭谛揭谛,王晨揭谛

自《心经》从《大般若经》六百卷中脱出,距今已经一千六百年之久。虽然翻译的广本和略本很多,但在普遍流行的七个版本中,最著名的译家要数鸠摩罗什和玄奘。流行到后来,主要是玄奘的译本。区区二百六十个字,大部分是经文,后边是咒语。经文经典,咒语神秘,真正是字字珠玑。大概从唐宋开始到近代,阅读和书写《心经》已成为文化习惯。从皇帝到文豪再到著名书家,几乎都书写《心经》。虽然在下阅读面狭窄,但是就我知道的,能够把《心经》篆刻下来,古今中外也就王晨一人。虽然附庸风雅《心经》者居多,但真正能够读懂的人甚少。于是我愿想王晨篆刻《心经》不要算壮举,也只是一种自我的阅读形式。

把伟大的事情往小处说说，就使人感觉舒服。

我一直觉得王晨是大人物。能够连续两次在中国书法兰亭奖中以篆刻作品折桂，了不得！书法是在书写法度，篆刻是在刀刻法度，篆刻就应该是书法的上品。能够在书法和篆刻界惊天动地的人，却在社会和江湖上无人知晓，这就是当下社会非常合理的奇怪现象。因为别说篆刻，就连篆字，认识的人也越来越少。自从篆字失去实用功能以后，已经不再为人们普遍关心。就连在下这个作家，也只是识得篆字，具体是什么字，也大都读不准确。特别是篆刻艺术，受众面积越来越小，基本上已经走进象牙塔中。所以主动选择篆刻艺术的人，等于选择寂寞的人生。别说水平高低，能够在目前名利翻飞、物欲横流的时代，主动选择追求篆刻艺术，就应该受人尊敬。

艺术是什么？可以是活着的借口，也可以是名利的稻草，但是最为主要的却是为极少数人留下的精神家园。

如果认真阅读王晨的作品，渐渐走进去，就会发现秦骨汉韵意趣盎然。特别是边款，由于章法相对随意，刀法灵动，更加妙美。这就结构出来王晨篆刻作品的丰富意味，亦正亦谐，正谐呼应，浑然天成。如同王晨做人，主旋律是善良质朴和谦和，与朋友们相处时却能摇头晃脑挤着公鸭嗓说唱逗弄，常常让人笑破肚皮。这就是性情，这就是活人，这就是王晨。不像有些人半瓶子醋，到处装酸散发着甲醛的臭味。

人，大都是俗人。为了生存，怎么活着当然都应该谅解。但是，任何时代都会有极少数人，不考虑生存和世俗，专注种植精神，从而传承历史文脉和营养未来的文化本质。王晨可能连自己也没有觉悟到，他就是属于这样可敬可爱的人。

王晨用篆刻的语言把《心经》铭刻在心，这是在自觉修行。如果加以传播，就是法施和觉人。"妹妹你大胆地往前走呀！"这就是菩萨道。现在套用《心经》的句式，我们说黑不异白白不异黑，黑就是白白就是黑。知白守黑知黑守白。揭谛揭谛，王晨揭谛。菩提萨婆诃。

2014 年 8 月

推敲张文平

  偶然地,多年前的一个上午,友人陪我闲荡在周口关帝庙,忽然从众多的对联中发现了张文平的书法。然后就开始打听这个人何方神圣,字这么好!后来回到郑州,就有书法界的朋友告诉我,张文平还活着,人就在周口,是当代著名的书家。知道年龄比我还小,使我脸红之余,对张文平心生敬意。后来就认识了,并且竟然混得熟起来。于是,就开始慢慢了解张文平的书法来历。这才知道张文平是当代中国书坛学习传承米芾的著名书家,这才知道张文平早已得过首届兰亭大奖,并且得过许许多多的书法大奖。由于张文平做人的谦和和低调吗?很长时间,我把张文平与周口、与米芾联系不起来。在我见过的书法家中，如果有一个人不对别人云里雾里胡乱吹嘘自己，这个人就是张文平。

我在这里并没有批评书法家们的意思，推广自己也是一种自信。但是，就我在江湖上见过的书法家们，说来说去就两句话：自己比别人写得好；自己的字如何值钱。张文平却与众不同。是对人居高临下过度自信吗？我看不像。一个来自周口的人竟然能够如此谦和，确实是一个个案。要知道，书坛上学习米芾的人相当多，由于学习困难和艰苦，许多人干脆转过来学张文平，并且也确实学出了一些书法家。从这个角度来看，张文平就成了米芾的二传手。这比南水北调距离还远，张文平传承米芾直接打通了当代人和宋朝的文化联系，确实了不起！

好像不得不说说米芾了。宋朝的米芾出自"二王"，就中国古代的书家们，大都没有米芾对"二王"的研究更深。但是，米芾最后却跳出"二王"自成大家，形成了典型的文化现象。后来经大文豪苏东坡金口点赞，从此进入了中国的文化历史。就中国书法的传统来看，真正敢于打破字体结构和章法上的平衡，走向极端的，也就是米芾了。米芾的书法可以说处处险峰无限风光。

究其原因,恐怕与米芾的个人性情有关,这是一个把横溢的才华和怪诞的性情完美结构起来的奇葩。无疑,米芾的书法最容易点燃人的激情和才华,这才使后人蜂拥而上地痴迷和学习。但是,学习米芾的精神毕竟和学习米芾的书法本身还有区别。于是,就后代书法家来看,很少有人真正走进米芾,然后走出米芾而自成大家的。或者说走进不易走出更难吗?

重新来说张文平。张文平当然已经很米芾了,得到了中国书法界的普遍认同。他甚至能够把米芾写得流畅平和下来,已经很自然地流露出自己性情的一些气息。但是,就这样好像还不够。张文平不能够永远做米芾的粉丝吧?永远活在米芾的光影里边吧?什么时候能够像米芾当年走出"二王"一样,真正走出米芾自成大家?看起来前边的路还远吗?或者说已经不远了吗?我看不懂。与一代大师米芾相比,张文平过于谦和的人品,使人欣慰的同时又使人不安和担心。

但是,我们有耐心、有信心、有理由期待着他的窑变、他的渐悟、他的顿悟和他的成长。

2015 年 1 月

洛阳态度

画家李伯安去世以后,我心里很久不能够平静。现在他的《走出巴颜喀拉》已经被公认为史诗性作品。而他生前是那么的朴实和执着,甚至有一点木讷。作为朋友和洛阳老乡,回忆李伯安的艺术人生,我非常看重他的创作态度。

其实洛阳还有一个郭自修,也是个不俗的画家。我一直认为郭自修也是大家。洛阳话讲他一直"不会弄事儿",就很少有人出来捧场。

现在来说洛阳书法家郭超卿,也是这种风格,低头做人,痴迷艺术。

不由得联系起来看,这种洛阳艺术家的群体共性,是不是可以叫作洛阳态度？

郭超卿任教于洛阳大学。已经站在一个很好的平台上，再加上他的书法表现已经达到了相当高的水平，如果换一个人，也许就会呼朋唤友，或傍大款或傍高官，把自己打扮一番高调入市。我敢说像郭超卿这样的水平，如果善于炒作，名利双收是很容易的事情。况且现在书法家吃香，市场已经进入了书法时代。如果他这样做了，也无可厚非。这年头推广自己的作品，并不丢人。只是郭超卿没有这么做，大概也没有能力这么做，甚至也未必想到这么做。或者别人让他这么做，他也未必同意，他甚至会觉得轻浮和势利，再也找不到做人的感觉了。

这就是悲剧。人生的悲剧。

但是，人生是需要悲剧的。悲剧才有力量。如果用世俗眼光看，我也希望郭超卿早些得到名利，起码可以改变一下自己物质生活的质量，不再让全家人跟着他过清贫的生活。同时我也相信生活优越的艺术家，并不都会丧失追求的精神。但是，我也非常理解郭超卿现在的生活态度，自甘清贫，执着追求，不问正果，只管修行。

于是，就让人对艺术创作产生了寻找规律的欲望，并且两厢比较起来，我还是觉得清贫和朴实距离艺术本质更近一些。因为物质呈现的并不只是量的问题，重要的是严重影响着创作的态度。这样想想，我心里又放松下来，不必再为郭超卿遗憾。因为我想到了，痴迷于精神世界，飘扬在形而上的天空，那应该是一种幸福的感受。

如今郭超卿要在西泠印社出版自己的书论集，我想为他写几句话。因为西泠印社品位很高，一直让我肃然起敬，就需要说真话。别看天下的路很多，只要寻找到绳子一样粗细的羊肠小道，一直走下去，就是一种造化。

艺术家是走独木桥的。期待你走得更远。

也许前边不远处，你就会看到李伯安的风景。

2009 年 6 月

本文系《墨村文稿》序

问道黑白话王澄

首先请大家原谅，今天由我来做这场王澄先生书画近作展览的学术主持人。在有点儿诚惶诚恐之外，多少还有点儿不伦不类。由于大家都是内行高人和雅士，我是一个书画外行，基本上算是狼腿拉狗腿。所以，如果我一不小心说了外行话，请你们千万不要认真，不要和我一般见识，你们完全可以东西耳朵南北听。

由尚山书房和金秋美术馆发起并举办的这场王澄书画近作展览，今天开幕了。就我知道的，王澄是一个一直并不喜欢搞个展的人。这么大的书家，这是他唯一的一次个展。更加有意思的是，王澄先生多少还有一点委屈。因为他个人原本不怎么想搞这个展览。已经年过花甲的王澄先生，越来越远离世俗，甚至远离江湖名利，慢慢地主动回归自我回归内心。本来就不擅交际不喜欢热闹的王澄先生，本来就性格孤傲不善言辞近乎木讷几近不食人间烟火的王澄先生，越来越平静越来越淡泊越来越老天真了。你们看他如今气定神闲面目红润白发飘飘的可爱形象，怎么看怎么像一个得道高僧。但是，由于尚山书房和金秋美术馆收藏了他大量的作品，非常希望在这万物复苏阳气上升百花即将盛开的初春季节里，将这些作品呈现于众，使更多的朋友和书画爱好者分享这书画艺术的风景和营养，分享王澄先生创作这些作品的欢乐，执意要举办这场展览，王澄先生也只好给我们来当"三陪"先生了。据说也没有小费。谢谢王澄先生友情出演，请原谅我们打扰你的清静，使你委身从自己的世外桃源走出来，参加我们的世俗活动。

其实人本世俗，只要心存佛意，哪里都是庙堂，无处不能清修。在此，我代表尚山书房、金秋美术馆和王澄先生本人，感谢亲爱的女士们、尊敬的先生们以及各路神仙，今天惠顾这里。你们的到来，使尚山书房和金秋美术馆蓬荜生辉光芒万丈。谢谢大家！

还需要说明的是，今天这个书画展览和许多书画展览不同之处，这只是一个艺术沙龙形式的纯粹的学术活动。虽然王澄先生对各级领导的长期关心支持和谆谆教导心存感激念念不忘，但考虑到各级领导日理万机政务繁忙，就没有准备惊动各方面敬爱的领导同志。虽然今天到场的也有不少身居要职或德高望重或才华横溢的出将入相的大人物，但是，你们都是以专家学者的身份和王澄先生个人朋友的身份出席这个展览的。所以，咱们今天由于不准备召开党组会也不准备召开人大和政协会，也就不专门介绍朋友们闪闪发光的官衔了，也算给领导们提供一个与民同乐的宝贵机会。我想你们偶然以专家学者或者朋友的身份出席这种学术沙龙，也是一种难得的体验。毛主席教导我们说从群众中来到群众中去，也算你们一次难得的理论和实践相结合的社会实践。

请允许我在这里尝试着总结一下王澄先生的艺术生涯。我个人认为，王澄先生的创作可以分为三个阶段。

我把第一个阶段描述为"抒情时代"。由于个人出身的特殊文化背景,王澄的祖父在开封为官,父亲在台湾是著名教授,他自己从小到大一直生活在传统文化的摇篮里。古老的中原文化渗透在他的思维形式和生存意识深处,一直在潜移默化营养着他的成长。他本来已经是开封一位著名的外科医生,生活富裕,不存在任何生存的压力。他的提笔书写,完全是一个偶然。这个偶然一开始就超出了生存的困扰,是一种自觉的行为,是一种为表达情感和抒发胸怀的需要。幸运的是,他恰好正确地选择了书画的载体,一头扎进黑白世界的海洋而搏击风浪,使他的意趣、性情和所有的感情可以说是淋漓尽致地得到释放。料想不到的是,王澄先生能够一举成名,很快就成为全国著名的书家。命运的偶然的帆船将他摆渡到了一个时代文化的风口浪尖之上。于是,来自古城开封的王澄便卓然成家。

我把第二个阶段描述为"痴情时代"。因为他已经成名成家,书家的荣誉和文化责任感同时压在了他的肩膀上。他开始自觉地提携后进,他开始担任全国书法评委会负责人,他开始出任《中国书法》杂志主编,甚至到中国艺术研究院担当教授。于是,他经常来往于北京和郑州之间,并且到海外参加各种学术活动,传播和传授中国书法艺术。可以说,他为中国书法艺术和中国文化做出了突出贡献。同时,也由于常年到处奔波,他开始饱受世俗的困扰,人生的名利场常常让他感到莫名其妙的烦恼和精神上的折磨。虽然他的书画作品越来越精到和老辣,甚至在上个世纪末的时候,著名的杭州西泠印社盘点中国一百年的书法历史时,将他评为上世纪中国最伟大的十位书法家之一,使他与我们敬爱的毛泽东主席等文化巨人齐名而名垂青史。但是,由于被声名所累被社会活动经常折腾,他个人生活得并不轻松和快乐。我对他这个阶段的看法是,痴情创作,认真工作,硕果累累,身心疲惫。

我把第三个阶段描述为"自在时代"。从他彻底下决心离开北京的繁华和尊贵,重新回到中原文化的母体开始生活,他处于了一种大隐隐于市的自在状态。他一次次地委婉谢绝名利场的邀请和干扰,远离灯红酒绿,自觉回归书房,痴迷于书画作品本身的追求和意趣。于是,他的创作也很快进入了忘我的自由王国。他甚至不再去当书法家,也不再去当画家,书画家的身份越来越模糊不清。他主动远离书画的江湖圈子,有时候吟诗,有时候填词,有时候写字,有时候作画,甚至有时候谱曲,自得其乐,个人化的倾向越来越明显。这时候他更加迷恋做学问,书写渐渐成为他的生活乐趣,成为他的生命形式。于是,他的作品越来越呈现出超凡脱俗、清雅狂放的大家风范。如今的王澄更像是一个学者,更像是一个修道的居士,心情愉快,身体健康,差不多已经活成活神仙了。

众所周知,上世纪中原画家李伯安横空出世,他的具象的物理的生命肉体虽然倒下了,死在自己还没有彻底完成的巨幅画卷之前。但是,继不朽之作《清明上河图》和《流民图》之后,李伯安先生终于带领中国绘画走出了上世纪的"巴颜喀拉",也使中国画在上世纪末的时候隆起了一个时代的高峰。可以说我们中原大地为中国文化又一次培养和贡献了一个文化巨人。

王澄和李伯安是挚友,在李伯安生前,这两个言语木讷的艺术家亲密无间,经常交流艺术感悟,惺惺相惜心心相印。他们有许多共同之处,那就是远离世俗痴迷艺术不问结果只管修行的忘我精神。

我在这里姑且评说和预言一下,王澄先生将是继李伯安之后,我们中原文化培养和贡献的又一个文化大家。

好像有诗人说过,有的人活着,人们已经忘记了他,有的人死了,却永远活在人们心中。而我们的王澄先生是他还活着,已经是传世名家而注定要流芳百代!

最后请允许我用两句话赠送给王澄先生:

平生问道黑白事,老来弄闲为自在。

2008 年 4 月

本文系王澄书画展开幕式致词

辑四　猜测远古

推开众妙之门

人这一辈子,大致如同踢足球,前半场玩的是激情和技术,后半场玩的是体能和心态。人的前半生喜欢上升,追求高学历高职称高官位。后半生希望下降,降低高血压高血糖高血脂。我自己由于前半辈子活得小,没混出大的名堂,中年以后就不用去吃降低"三高"的药。看起来上帝还是公平的。有得就有失,没有多得也不用害怕失去什么。

中年以后呢,由于不再要求进步了,从此就不再关心"领导印象"和"群众威信",内心自然就平静下来了。

平静是什么?原来就是无聊。我好像也知道智慧就是烦恼,无聊就是享受的大道理。只是无聊起来干什么呀？需要具体落到实处了，这才发现自己钱少。这年头干什么都得花钱，比较来比较去还是只有读书成本最低。于是，就开始胡乱翻看闲书，再慢慢把一些感受写下来。如果你也正好无聊呢，就听我絮叨絮叨，就当喝我沏的一杯茶，千万别认真计较……

守望著草园的老人

先来介绍一个非常美丽的地方。

河南省的淮阳县位于豫东平原，挨着安徽，基本上属于淮河流域。县城旁边就是龙湖，由于有一万多亩大的湖水滋润，这里土地肥沃，空气湿润，风景秀丽，在北方普遍干燥的内陆大地上，可以说是非常罕见的。

淮阳这地方呢，虽然在中国近现代历史上没有多大的名望，自然也谈不上对社会发生很大的影响，并且现在还属于县级编制，但是在遥远遥远的古时候，在中国远古历史上，却是第一个闻名天下的都城。因为中国的人文始祖伏羲爷曾经在这里统一天下，建造都城，成为中国历史上的第一个帝王。伏羲爷死后呢，也埋葬在这里,后代人为了纪念他,就为他不断地修建墓园,也就是如今闻名天下的太昊陵。这样一来,因为人文始祖伏羲,由于太昊陵的缘故,淮阳虽然是县级城市,辈分却高,也应该算是著名的历史文化名城了。

每年海内海外的人们从四面八方奔到淮阳来,虽然也可以坐船荡漾湖水,也可以欣赏美丽的荷花,但主要还是来拜太昊陵,来给伏羲爷烧香磕头。据说格外灵验,香火就特别旺盛。现在这些香客,大都祈求现世报。大白天来的大都是老百姓,或者为求生儿生女,或者祈求健康平安,或者祈福爹娘长寿。也有偶然半夜三更忽然就灯火辉煌起来,大多是上边的大官由县里的官员亲自陪同着,悄悄来拜伏羲爷,无非是希望继续往上走……

现在这座太昊陵呢,属于明代建筑风格,由于明代皇帝朱元璋重新建造过,从建筑结构到建筑细节,就显得非常恢宏,博大精深。如果从建筑学角度看,确实应该算一座明代建筑博物馆。但是,真正吸引游客的主要是三处人文景观:一是伏羲墓;二是伏羲当初画八卦的八卦台;三是陵墓后边的蓍草园。

另外呢，还有一位老人，也特别受到人们的尊敬。如果是读书人到淮阳来，大多都要拜访他一下，和老人喝杯茶说说话，这才觉得圆满。这位老人一生守护着蓍草园，在蓍草园的小路上走来走去了一辈子，参习八卦，研究《周易》。是否最终修成了正果？现在已经修为到国学大家的境界了？

这位老人就叫杨复竣。

于是，如今的淮阳就拥有了两座明显的人文标志：古有伏羲；今有杨复竣。

说伏羲大家都知道，那是中国的人文始祖。但是，这个杨复竣是何许人也？我先这么说吧，这人现在还活着，早已经退休在家著书立说，以研究伏羲和《周易》为主，先后有七百万字的著作问世。我这么一说，很吓人吧？不过，由于他本人长得人高马大，说著作等身有些夸张，只能够说著作等腰比较贴切。

不过呢，换句话说，像杨复竣这种有学问的老家伙，我想在全国各地大概还有很多。如果上网搜索一下，全国各地几乎每个县都会有一两个，这种人大都一辈子生活在县里，要么搞文学创作，要么摆弄书画，要么研究民间文化,要么去田间考古,这些人应该算是县里边的学问家。如果混得好呢,就当文化馆长或者图书馆长或者文管会主任? 很少有人能当到文化局长的,因为一当局长就进入了官场,就不会再关心学问了。

说到官场,我们会说官场的人大都不学无术。其实不是"不学",是没有闲工夫,也没有闲心情学。自古官场就是战场,就是名利场,只要走进去就身不由己,玩的是输赢,关心的是死活。官场水深,一个人如果脸皮不够厚心肠不够狠,千万别去官场丢人现眼。

就我的了解,杨复竣最初是学习小说创作的,也发表了不少作品,加入了省里的作家协会。在小小的县城,因为是作家嘛,早已经把自己摆弄成了文化名人。为什么后来就改行了? 虽然没有仔细打听过,我估计他可能很快就发现了,原来作家这一行不养活人。入门容易,再往上走就残酷无情,和读者混个脸熟可以,但很难有大的成就。他是一个聪明人,可能是及时发现在文学创作领域摆弄不出大名堂,就慢慢转向研究历史文化。再有一个主要因素,生在淮阳,守着太昊陵,六千多年前伏羲爷就在这里画八卦,历史典故和民间传说随手可拾，特别诱惑文化人。于是，一不小心，杨复竣就这样走进了历史深处，痴迷起来，一辈子再也没有回头。等到几十年后，我到淮阳拜访他老人家的时候，他早已修成了半阴半阳，快把自己摆弄成神仙了。

但是，在我最初的印象里，像杨复竣这种老家伙，如果不开口说话，看上去和老农民没什么两样。但是，只要一开口说话，就显出与众不同来了。由于走的地方多，我发现他们这些人大都看不惯当下的社会风气，跟不上时代潮流，在他们眼里好像永远今不如昔，在他们嘴里当官的就没有一个好东西。但是批评起来呢，言语大都并不激烈，也不会针对任何具体人，他们犯不上得罪谁，说到底也只是一种生活态度罢了。

没吃到葡萄，就会说葡萄酸。这很正常，也是一种传统的文化现象。

这种人在县里呢，开始大都觉得怀才不遇，自视清高，容易看不起别人。这是人生的初级阶段，不容易超越。一直要等到从看不起别人，转化为开始看不起自己，就进入了人生的成熟期。一个人只要开始看不起自己，那就坚强起来了。如果行走世俗和江湖，脸皮就厚起来,胆量就大起来,你不用看不起我,我比你还看不起我自己哪!只有活到这种时候,就可以做一些自己想做的事情了。

现实中有一类人。别看他们像模像样在当地以文化名人自居,其实大都也只是熟悉一些传统文化的皮毛,或者只是熟悉本地的一些人文典故和民间传说。这类人中真正钻研学问并且有见识的,也极少极少。

这大约也是规律,真正优秀杰出的人,在哪一行都不多见。

古来读书人多,老子和孔子并不很多。

杨复竣大约是极少数里的一个。如果以杨复竣现在的学问和见识,别说进入省城研究院所,就是进入中国社科院也是够资格的。然而他呢,却一直生活在淮阳县的民间世俗里。这就是时代不同了,一个人如果不善于推销自己,你自己不找人走门子去奋斗,就没有人来为你垫付广告费。于是好像上边的研究机构,从来也没有人想到过请他出山……

这好像很自然,从古至今都一样,关心什么就得到什么。种瓜得瓜,种豆得豆。名利是名利人的通行证,

153

学问是学问人的墓志铭。

忽然想到,我把杨复竣看成国学大家,这一下是不是把杨复竣说得太家伙了?又一想家伙就家伙吧,反正我的见识也浅,这年头到处碰见文化商人、文化产品,很难看得见纯粹的文化人。好不容易捡漏见到一个真家伙,如果吹破一两个猪尿脬,别人也应该能够理解和原谅吧。

话说杨复竣虽然长得人高马大,却慈眉善目,一个年过花甲的老人,行为举止已经略显笨拙,外表看去比实际年龄还要老迈一些,如同一个老和尚,或者一尊活菩萨?说起话来也慢慢腾腾、不慌不忙,说的人虽然不着急,听的人却很紧张。因为他浓重的地方话里,还夹杂着许多淮阳的方言需要猜测。记得第一次在淮阳的龙湖旁边,听他讲伏羲、《周易》和三皇五帝,忽然就迸出来一串警句:"咱们东方文化的核心是什么?是阴阳谐调和顺其自然。西方文化的核心是什么?是研究自然征服自然。东方文化和大自然是和谐关系,西方文化和大自然是敌对关系。"

这段话让我心里一惊,马上就掂着了他的分量。后来闲聊起来,由于他还是什么全国易经学会秘书长,有朋友就想请他算卦。我记得他的表情忽然就严肃起来,慢悠悠地说:"我从不给人算卦。算卦也可以说算是《周易》的范畴,但是算卦不能够等同于《周易》。"大概他觉得自己的话语生硬了,就接着解释说:"算卦虽然是旁门左道,但是旁门也是门,左道也是道。就读书人说呢,如果实在没有出息,做不了正经学问,干不了正经事,算卦也算伏羲爷赏赐给的一个饭碗吧。"后来他又笑着说:"你看算卦的那些人,有几个喜欢给穷人算的?不是侍候有钱人,就是糊弄当官的,为的还是钱。如果真有大本事,怎么不先改变自己的人生呢?"

这些话语虽然不多,却让我从此对杨复竣刮目相看,心想这老家伙真是了不得。身居淮阳小县,在理论上居然摸索到东西方文化比较理论领域的前沿阵地了。就《周易》的研究,也早就越过世俗社会的皮毛,直奔哲学研究的本质了。于是,我开始喜欢他,渐渐就和他熟悉起来,并且读他的书,慢慢对他加深着了解和理解。

先是欣赏他的生活态度。他一辈子生活在淮阳,几十年来一直住在太昊陵里,守着伏羲的陵墓,傍着蓍草园,饱读史书,年年月月浸染在八卦里……

但是我想,有谁知道他的内心最初对于名利、对于世俗生活的种种抗争呢?其间经历过多少的坎坷和痛苦?然后也大概是并非无路可走和别无选择之后,才能够慢慢地耐得住寂寞和孤独?

我猜想过,也就是大约中年以后,他才从不自觉到自觉,甘愿享受起寂寞和孤独,然后慢慢进入化境,再也不食人间烟火,从此腌咸萝卜一样腌泡在历史文化的老缸里。

这也是一种人生。

或者说这也是一种选择。

与其说是杨复竣选择了历史文化,不如说是历史文化选择了杨复竣。

回想古来圣贤莫不如此,没有谁生来就想去当圣贤的,谁也经受不了幸福生活的考验。走出人间烟火,那也是一种偶然和缘分,从自觉到觉人,才进入使命和必然。

什么是圣人?其实说穿说白了,也就是人世间那些剩余的人。

在世俗幸福生活中怎么也找不到位置,走投无路最终被世俗生活排挤出来,跌下人间幸福生活的温床,从此飘荡在形而上角落的剩人,就是人们通常说的圣人吗?

再是我非常敬佩杨复竣的学问。老实说,别说让我自己去写了,能够认真从头至尾读完杨复竣七百多万字的著作,也是需要勇气和耐心的。杨复竣的著作,从人类起源到如今,牢牢地站稳中国传统历史文化的立场,并且不断穿插着对于西方文化相对应的介绍和评点,可以说方方面面合纵连横角落落根根梢梢应有尽有。有时候读杨复竣的著作,读着读着会合上书本,去想杨复竣本人,如同看着一棵参天大树,然后我再去想滋养这棵大树的大地,去想杨复竣的阅读量,我就想这得需要他读多少书啊!就阅读量而言,我想老子、孔子也不过如此。再去想他的白头发和老花眼,怎不叫人对这老家伙肃然起敬呢!

完全可以这么说,杨复竣的著作,也是普及版的中国历史文化的百科全书。

啊,真的要感谢淮阳,在成就人文始祖伏羲六千多年后,又为我们培养出了杨复竣这等人物!

开个玩笑吧,偶尔去想杨复竣的意象,我有时候就觉得他是不是伏羲爷当年放养在龙湖里的一只老乌龟转世托生的呢?

今后就叫他老鳖精吧。

猜测伏羲和女娲

有时候学习也需要缘分。在读杨复竣之前,那时候我已经写完长篇小说《足球门》,在家闲读《周易》和《老子》。在这之前,虽然我一直喜欢《周易》和《老子》,也只是读得片片断断零零碎碎,从米没有系统地阅读和研究过。我一直想找一个整块时间啃一啃。而且完全没有目的,没有准备当学问家,也没有准备上《百家讲坛》演出,仅仅是出于喜欢。但是,我的古汉语水平比较低,我哪能读懂《周易》呢? 于是我只能够从读孔子的《易大传》开始,一点点去读别人对于《周易》的解释。

我的心得体会是,读《周易》如同读经拜佛,是一个渐进渐悟的过程。也如同登山,一步一步向上走,一步一层景，峥嵘登不尽。但是，欲速则不达，一点着急不得。

我发现自古以来对于《周易》的诸多解释虽然多如牛毛，却一直分为两大派别：一是偏重哲学研究的；一是偏重占卜形式的。我因为喜欢哲学解释，古人的解释我自然喜欢读孔子。今人的解释呢，翻来翻去，我喜欢读金景芳教授的。我也曾经看过南怀瑾等人的著作，也很喜欢。但是，虽然他们的名气很大，虽然也听朋友们说好得很，不过就解释《周易》而论，却好像不同香型的酒，对不上口感。也曾经翻看于丹解释《论语》，固然浅显易懂，怎奈像喝兑了水的酒，淡了许多味道，怎么读也找不到感觉。

再说读《老子》。虽然能够看懂《道德经》的字面，但也只是在字面上打滑，读不出深意，自然也需要读别人的解释来帮助自己理解。读罢古人读今人，我喜欢王蒙的《老子的帮助》。这可能是我和王蒙相熟的缘故，读起来倍感亲切。他解释《老子》，不但是浅显易懂了，味道也浓，内容也更加丰富了。好像他往酒里兑的不是水，是中药和眼泪。因为几十年在文坛混，我曾经自称是王蒙的学生。早年也有人叫我小号的王蒙。但是,大象和猪是一科,如同龙和蛇,本质上相去甚远,有天壤之别。王蒙是当今天下的大才子,敢自称王蒙的学生,也是需要勇气和厚脸皮的。我这个学生呢,去看老师不多。因为王蒙老师神龙见首不见尾,去看他的成本很高,也只能主要看他的书。再说我称他老师也是一厢情愿,他并没有当真认可过,一直喊我老弟。当然其实认谁为师,认可与否并不重要。我学习你的学问,并不需要你的同意和批准,更不犯什么社会大法。

我在这里絮叨这些,主要是说我在读杨复竣之前,正好做了一些功课,不然忽然让我去读杨复竣,也不可能读懂。

我发现在杨复竣的所有著作里,研究伏羲和《周易》是他的核心和灵魂。所有的结构和梳理,或者是解释,都是围绕着这两个点放射开来的。大量的集中阅读,从《周易》《老子》到杨复竣,使我对伏羲产生了前所未有的兴趣。我开始尝试着对伏羲留下的历史痕迹和史学脉络,进行全面的梳理。

好像在梳理之前,应该先交代一下我依赖的历史文化的理论背景。我是一个小说家，没有多少史学知识基础，只是大概记得历史文化基本上由三个部分结构或者组成起来：一是神话传说；二是确凿的文字记载；三是后人考古发现的证明。我也曾经听说最早相传的"文化西来说"，也曾经听说后来被考古发现不断证明的"文化不是西来说"，等等。

对于这样、那样的一些说法，我比较支持历史文化的起源应该在黄河、长江等流域的大河文化的遍地开花说法，然后才是相互之间的交流和融合……

好了，还是回头只说伏羲吧。

如果按照史学家们大致认同的观点，七千五百年到八千年前，伏羲应该出生在甘肃的天水，然后开始带领他的部落东移。那么，陕西的半坡和河南的仰韶出土的陶器，是他们留下的文化痕迹吗？伏羲中年时候先到了陕西的蓝田，又到了河北的新乐——我还真不是晕说，这里也有"伏羲台"等遗迹为证。然后大概经过反复选择，再回归中原，在河南的淮阳定居下来。看起来这确实是经过比较之后的一种选择。因为这里地好水好，最适宜居住和生活。从此开始在这里画八卦，并且建造都城。后来呢,伏羲死后也埋葬在淮阳,有伏羲的陵墓为证据。这一些粗略的梳理大都来自众多史学名典,在近年也大概没有什么争议了。另外按照史学家们的说法,淮阳的历史文化应该在五千年到六千五百年之间,大致应该是这样。史学上的考证一向争论很多,没有哪一个敢把时间说得很精确,也只能是大致认同了。

那么就出现了一个常识性的问题,伏羲从出生到死亡,要活一千五百岁到两千岁以上,对于一个真实的生命来说,这可能吗? 好像自古以来没有人愿意怀疑其真实性。这虽然只是人们的美好愿望,但是问题是存在的。那么我在这里能不能怀疑一下伏羲个体生命的真实性呢?

历史上到底有没有伏羲这个人呢?

或者伏羲是一个人,还是一个部落头领的称谓?

或者这个伟大的部落头领一代一代都叫作伏羲?

或者后世人传来传去到最后只记住了伏羲这一个人,而忘却了他的一代代的继任者?

我想这都是有可能的。忽然想到,为了猜测的需要,我能不能大胆地比喻一下,如果二千年后中国历史传说起来中国共产党,会不会只记得毛泽东一个人? 共产党就是毛泽东,毛泽东就是共产党? 或者干脆把共产党当成一个人来纪念,连毛泽东也忘却了? 还别说,也会有这种可能性的。

这就明白了,如果换一个角度来看待,好像这也没有什么奇怪,中国的历史太悠久太悠久了,悠久到实在是不好记忆的程度。于是,就出现了后世人最终选择记忆历史的一些特别方法了。可能经过比较,我们就会发现,这种"神话故事"记忆法,就是最简单最方便的记忆方法了。或者也正是依靠这种简便的记忆方法的传承,中国几千年的文明史才没有断档。

但是,问题又出现了,我们后世人再来研究历史,却是需要认真态度的。起码,这种"神话故事"的记忆方法,就为后人猜测历史真相提供了借口,或者说给了相当大的空间吧。那么现在就让我们张开联想的翅膀,开始猜测一下伏羲的历史真相如何?

试想在几千年以前,伏羲显然是一个伟大的原始部落,从我们国家的西部出发,大致沿着黄河,从西向东,边走边和其他原始部落进行文化交流,同时进行兼并整合——其实说白了就是战争嘛，人类历史上最早出现的一种战争形式，不讲任何道理，完全凭武力进行相互之间的残杀和征服。好像那时候人们还没有道德感，只是直接把狩猎的方式挪用过来，对付部落。如果这样去想也算合情合理。战争没有别的目的，只是为了生存需要。这样，伏羲从西打到东，最著名的大概要算后来兼并东夷的太昊和少昊吧？这不是忽悠，史书上也多次记载了伏羲统一东夷部落的基本过程。伏羲在淮阳的陵墓后来就叫太昊陵，并不叫伏羲陵。由此可见，原始部落兼并和融合以后，出现了最初的文化现象，确实是成立存在的。

如果我这个猜测的思路还算靠谱，那么就可以先得出一个概括性的结论：伏羲不仅仅是一个人，伏羲应该是—— 一个人类发展的初级阶段的文明时代。

现在让我们沿着这个思路继续前行，去联想生活在伏羲时代的人们，部落与部落之间先是经历过长期的战争，后来就不断进行着互相兼并和融合的活动……同时呢，人们已经广泛地对天地万物发生了兴趣，出于生存的迫切需要，自觉研究自然现象已经非常普遍。这有今人考古发现的多处山体岩画为证。那时候的人们到处都在探索、寻找自然的秘密和把握自然的规律，不断地用图像来描绘，不断地用数字来计算，这样发展的结果是——最终在都城淮阳画出了八卦。

这样八卦就成为那个时代最富想象力和创造力的、最伟大的科学研究成果。

从此，人们揭开了生命和大自然的秘密。

当然，这个伟大的功劳要被后人记述下来，记忆在哪里呢？虽然八卦是大家画出来的，不能够把大家都记忆下来吧？要选择一个既简便又容易的记忆方法，自然要记忆在伏羲一个人的名下了。这样就于是乎传说到后世和后世的后世的后世……就变成了伏羲一个人在淮阳画出了八卦。我看就这么回事，完全有可能，只有这样才算符合历史文化发展的逻辑性。

其实这种简便容易的记忆方法，一直延续至今，还在被人们广泛地使用着。例如一个地方或者一个单位做出来了成绩，不是都还只记忆在一个领导的名下吗？并不是什么偏差和错误，只是一种习惯的记忆方法罢了。

这样我们的思路就清楚了,为什么后世人会说只有伏羲才是我们的人文始祖。其实早在伏羲之前,还有教会人们建造房屋的巢氏呀,还有最早钻木取火的燧人氏呀,可以说还有许多先祖哪。只说伏羲是人文始祖,这是因为伏羲是人类父系文化时代开始的一个伟大的里程碑。

如果回望历史,伏羲时代大概是人类父系时代的源头。从伏羲时代开始,历史文化这才结束了旧有的长期的母系时代,进入了新的父系时代。

说到父系文明时代,在这里就不得不转折了,因为既然伏羲的文化背景是旧有的母系文明时代,那就不得不谈到女娲了。

我想如果还按照我们刚才猜测伏羲的方法,来猜测一下女娲呢?肯定有意思。我们就会容易想到,女娲也不会是哪一个具体的女人了?从母系时代的部落首领出发去联想,女娲大概也是一个部落。或者干脆说和伏羲差不多,女娲是人类母系文明时代的形象代表。我们试想一下,人类的母系文明时代肯定很长很长,弄不好要长到几千年或者几万年都有可能。但是,历史却没有了记忆，只给我们留下了一个"女娲补天"的神话传说。先祖们的概括能力真是惊人啊，完全可以这么说，我们的祖先用一个女娲的形象，就概括了整个的母系文明时代。这真是一个最最简便独特的记忆方法，从在绳子上打结来记忆时间和事情，发展到只用一个女人的形象，便来记忆一个母系文明的时代！

然后呢，接着呢，不仅有表面形象，整个母系文明时代的内容也概括出来了，那就是"女娲补天"嘛！

"女娲补天"这个神话故事，真是太美妙太浪漫了。女娲都干什么了？女娲补天了！那意思告诉后人，如果没有女娲补天，就没有后世的我们了。

让我们的猜测继续前行，女娲为什么要补天？女娲补天的意象到底象征并涵盖着什么内容？

如果我们大胆地继续猜想呢？

补天就是养鸡养猪种庄稼，当然还要生孩子嘛！

把人类生存需要的动物和植物经过劳动生产出来，以提供人们生活的需要嘛。这些人们生存需要的动物和植物，地上原本没有生长那么多，上天原本也没有多赐给我们，是我们原始社会的母系时代的女性们，用她们的辛勤劳动创造了出来,补天之缺,这难道还不是补天吗?

更要紧的是,女人能够生育,这种生理现象和生命科学那时候又解释不了,只能够说是补天嘛。

于是,"女娲补天"就这样诞生了。

这个神话故事的创作过程大致应该是,由于时间太长太长了,长到找不到记忆时间的方法,人们就从最初的事迹累积开始,慢慢走向了形象概括,最终进入了神话传说的创造。先出现一个创意,再一代人一代人去演绎和补充,于是一个"女娲补天"的故事,便整整记忆了母系文明的时代。

有意思的是,这种记忆历史的方法,不仅出现在古老的东方文明,西方文明也曾出现这种记忆历史的方法,古希腊神话和圣经故事就是佐证。

现在我们可以放心地拐回来了,把话题重新拉回到历史传说中,于是就有了新的发现——在神话传说中,伏羲生活在淮阳,女娲生活在邻近的西华,时间和地点合情合理,这就是一个基本成立的故事结构。

在以后的民间传说中,他们还曾经是兄妹关系?然后兄妹交合,生产出人类来?

啊,多么美丽动人的传说!

于是,在我们的历史记忆中,大概在汉唐时期,就出现了大量的伏羲和女娲的交尾图像,一直传说到现在。从来没有人愿意去否定这些,也没有人愿意去质疑,因为这是中华民族的远祖独特而美丽动人的记忆历史的方法罢了。

用人物形象、用神话传说记忆历史,这也是古人及至今人最伟大的创造和发明。

但是,问题就出来了,我们后世的当代人面对历史,恐怕就要回归到科学态度上来认识了。在思考和推敲历史发展过程的时候,就不可避免地出现了一个问题,需要从继承的神话传说类历史记忆中,猜测和还原历史的本来面目,从而走进历史的深处,才能够打捞出历史的真实和真相。

我想在这里大胆地接着猜测女娲一下,完全还有另一种可能性,女娲是母系社会最后一个最伟大的部落,最终被伏羲和平兼并。我想那种兼并的方式方法一定是软硬兼施,是完全融洽性的,不然就不会出现后来他

169

们是兄妹的传说。这个兼并过程中一定发生过美丽动人的传奇故事，被后世人不断传颂，一直传颂成兄妹的故事结构出来。

有现成的一处典故可以让我们重新讨论，史书上说伏羲是人类"制嫁娶、正姓氏"第一人，明确规定不准"乱婚"和乱伦，那么他就不可能与自己的妹妹女娲结婚和交尾。这就说明他们两人并不是真正的兄妹关系。对于这种自相矛盾的情况，好像可以这么解释，大概与伏羲与女娲都没有直接关系，完全可能是后世人在传说时把他们传来传去嫁接起来罢了。

看起来伏羲时代不仅是战争化的，更是文明化的过程。我们的先祖很早就明白了，需要武力征服，更需要文化融合，只有融合才能够发展才能够壮大才能够持久。后世人"得人心者得天下"这句话，源头恐怕应该在这里……

我们的祖先到底是谁？

杨复竣的著作里，还提出了一个有意思的话题。他说当今天下祭祀太乱，认祖不归宗。例如：甘肃天水祭伏羲，河北新乐祭伏羲，河南淮阳祭伏羲，河北涉县祭女娲，湖北竹山祭女娲，陕西祭黄陵，河南新郑祭黄帝，湖北随州祭炎帝，河南内黄祭颛顼帝喾，山西临汾祭尧帝，山东诸城祭舜帝，浙江绍兴祭大禹，等等。

于是就出现了祭祀遍地开花，认祖不归宗的特殊文化现象。

如果回望中国历史各朝各代，这种祭祀现象也并不多见。

于是，杨复竣就非常担心，他认为认祖一定要归宗，认祖如果不归宗，就可能引起不必要的思想混乱。他把这个问题看得很严重，甚至到了害怕引起天下大乱的程度。

且不说杨复竣的顾虑是否必要，或者说是否有这么严重，他起码提出了一个话题，引起我兴趣的是——我们的祖先到底是谁？

一个人如果弄不清楚自己的祖先到底是谁，自然也就弄不清楚自己的来历。俗一点说就是，不知道自己从哪里来，怎么清楚自己到哪里去？但是放眼天下，别说年轻人了，就我们 50 后以前的人，有几个能够说清楚自己的祖先呢？——还别说，我们的祖先到底是谁，说说这个问题还真是有意思。

现在让我们尝试着从源头开始梳理，如果仔细回忆一下，从各种各样的史书记载看，虽然说法众多，但大致顺序是以巢氏、燧人氏、伏羲氏为正宗，大概从春秋到明清两千多年来，慢慢归宗起来，开始省略巢氏和燧人氏，一直称伏羲是中国人祖，这大约是没有异议的吧？

我想这是为什么呢？为什么要省略？因为早在伏羲氏之前，还有众多的先祖啊。后来我就反复想，终于想明白了，选择从伏羲开始，尊为中华人祖，大概是和八卦有关系的。是不是可以这么说，因为从伏羲开始，中国人这才有了以八卦为准确记载的文化，真正开始了我们的文化时代？

但是，再往后排列呢？一说三皇和五帝，说法就多起来，问题大约就出现了。但是，无论说法再多，基本上也算大同小异吧。可能也不敢这么说，有些说法与说法之间也相去很远哪。

我也只有选择了，权且先认同对于历史上三皇的一种主要说法是:太昊伏羲氏、炎帝神农氏、黄帝轩辕氏。

选择对于五帝的一种说法是:太昊伏羲氏、炎帝神农氏、黄帝轩辕氏、少昊金天氏、颛顼高阳氏。

但是,无论你选择哪一种说法,都会发现如果这么认真排列出来,缺陷真的就出现了——蚩尤呢?我们的历史遗忘了蚩尤,怎么不见了蚩尤?蚩尤到哪里去了?

由于中国的历史悠久,历史上真正有记载的,大概只有三次比较重要的建史记录:

第一次建史始于周代的周文王,那时候夏、商、周三代史是比较紧凑而有传承的一个早期历史链条。后来关于断代不断代的说法,只是由于考古能否证明的事情,那也是后来的事情。因为殷因于夏礼,周因于殷礼,于是周公就建史了"五经"。"五经"即《诗经》《尚书》《易经》《礼》《乐》。这恐怕算是中国历史之根,也算是文化之根本了。

第二次建史大致在春秋末年,由孔子主持整理和增删了"五经",并且加上了《春秋》,这就使"五经"变成了"六艺之书"。这也是中国历史的基石,也算是中国文化的根基。

第三次建史大致到了汉代,汉代兴起了建史热,并且汉代兴起了空前的《易经》热。于是,就开始重新建史,准确说应该是修史。因为这一次建史只是重新肯定了"六艺之书"的根本,数量上没有变化。但是,却格外提出来了《易经》,认为《易经》应该为"群经之首",是"大道之源"。

你看,这好像就是正经的建史过程了。中国历史从一开始好像就没有确定什么建史标准,掩盖了自己的本来面目,后世人修成什么就是什么了? 这么说着好像不好听,但事实差不多就是这样。

那么历史是什么? 因为历史也是由后人来记载的,说白了历史也只能是一张白纸,或者说一份草稿? 是可以经常涂画和修改的吗?

不过,综合这三次建史的内容,有一个共同点,那就是一致称伏羲为人祖,这个好像没有异议。只是从伏羲往后排列,就出现了非常主观性的选择,从周公开始就省略了蚩尤。孔子也没有补充蚩尤。那么蚩尤怎么了? 为什么好像从来就没有过蚩尤的历史地位呢? 这是为什么?

接着再说近代史吧。大致清末民初的时候,为了号召人们抗击外来民族的侵略,有人忽然省略过伏羲,直接提我们是炎黄子孙。这个说法逐渐扩张开来,一直延续到现在。但是,对于这个炎黄子孙的提法,鲁迅当时就批评太片面了,鲁迅说你们提炎黄,蚩尤的子孙也没有死绝。可见鲁迅是在认真表达,自己对于炎黄提法的不同意见。但是,鲁迅的意见并没有引起人们的太多重视,炎黄子孙的提法还是传播开来,到如今竟然传播成了约定俗成。如今人们开口就炎黄、炎黄的,别说蚩尤,连伏羲都不怎么提了。这又是为什么呢?

我觉得这一下问题就严重了。这就出现了一个不得不讨论的问题,那就是从古至今,我们立祖的立场问题,或者说也是我们中国人的历史态度问题。

你看,说到这里,怎么也绕不过去了,还必须得回头说说蚩尤了。

从各种史书记载和综合民间神话传说来看,对于蚩尤的说法也不统一。有一种流行的说法,大概是说炎帝神农之后,众诸侯相残,以蚩尤为暴。主要是说蚩尤与黄帝之间的战争。还有多种说法……

无论如何说,蚩尤大概是在伏羲和炎帝神农以后,和黄帝同时代并且和黄帝齐名的部落首领了?

　　传说蚩尤也是一个伟大的部落,麾下有八十一个分支部落分布在天下各地,势力相当大。相当大到什么程度? 大到只能比黄帝的部落强大,不会比黄帝的部落弱小的程度。他的都城当时设在黎阳,大致是现在的河南省浚县,因为只有浚县现在还有黎阳的古地名遗传下来,可以佐证。如果推算一下,由于当时先人们大都喜欢选择定居中原生活的共识,并且已经成为传统习惯,蚩尤定都浚县的黎阳,也是合情合理的一种选择,并不是演义。那时候蚩尤还有一个美誉,被称为天下的“兵神”,意思是说他特别能够带兵打仗。这后来就得到了证实,黄帝为了征服其他部落而统一天下,就与蚩尤屡屡交战,全部以失败而告终。到了最后一次决战,虽然终于打败蚩尤并且杀掉了蚩尤,却还在害怕蚩尤的部落复仇,黄帝只好到处张贴蚩尤的画像,以安抚蚩尤的部下,他才得以慢慢稳定了天下的局面。

　　那么问题就出现了,蚩尤虽然死了,他那些千千万万的部落子民呢? 让我们合理地想象一下,黄帝对于蚩尤的部落肯定是兼并了。如何兼并？无非是杀掉一批，收容一批。还有那些不愿归顺黄帝部落的人呢，就永远被驱逐出中原了。那时候因为蚩尤的子民们太多，黄帝就像赶羊一样，把他们赶得四散奔逃。这些忠诚于蚩尤的子民，誓死不投降黄帝的部落，逃来逃去到底要逃到哪里去？又能够逃到哪里去？到了最后，为了逃避黄帝的追杀，以至于这些子民只好化整为零，长期散落在古代中国周围的边疆地区了。这大概不是想象，也不是推测，不少史书上也都这么记载过。

这一下我们就明白了，为什么中国历史上有"五方之民"的说法呢？

五方是：中国（古时中原称中国）、东夷、西戎、南蛮、北狄。

这些"五方之民"呢，也都认为我们原本是一家人，实际上本来就是一家人，因为不论哪一方，都是共同供奉伏羲为人文始祖嘛。也就是说，"五方之民"中也可能有二方、三方、四方之民，原先都曾经在中原生活过，他们不过是蚩尤的后人，后来被黄帝打得四处流窜，不得不生活在自然环境恶劣的边疆各地了。

在这里我们就发现了一个重要的问题,在伏羲和神农之后呢,蚩尤和黄帝一样,本来也应该是我们的祖先,并且就对后人的传承、影响和规模上看,还应该是重要的祖先呢,但是,一次次地被我们的历史忽略不计了。

这恐怕是中国历史上最大的疏忽和缺憾吧?

历史是什么?本来应该是客观存在,只因为历史是后世的人记载的,特别是正史,更是各朝各代史官们的记载,所以选择性、主观性非常强。黄帝的后人不记载蚩尤,把蚩尤省略并扔到中国历史之外,也就完全是可能的了。

于是,我想在这里郑重提议,怎么着也应该恢复历史的真相,还原历史的本来面目。我想如果不好弄减法,那就弄加法如何?如果我们把三皇加上四祖呢?蚩尤就应该是一祖。如果我们把五帝弄成六祖呢,蚩尤也应该是一祖。因为无论如何,从中华民族的大结构来看,蚩尤是极其重要的组成部分,他决不能省略在历史的记忆里。

于是,在这里我们轻易就发现了,传统历史观的狭隘之处和粗糙之处,对待历史本来要客观的,不能够只讲胜者王败者贼嘛！

唉，为什么外国人一直讥笑中国的历史实际上只是一部帝王家的家谱，并不是没有一点道理。

想一想这也太可怕了，不过是兄弟之间的争斗嘛，再怎么残酷无情，也只是残杀和迫害，说到哪儿也不能把兄弟打败杀掉了就说你是外国人，或者就说你不是人，就把你开除出民族、开除出人类了？然而，这就是我们过去传统的历史观，确实是狭隘到家了。

现在好了，我们生活在高度文明和追求民主的新时代，那就让我们张开历史观的宽阔胸怀吧，尝试着还原一下历史的本来面目吧。我发现，如果重新回望历史远景，就会发现特别奇特的也是无比新颖的灿烂风景。

历史上大概从秦汉开始，就不断地与边疆少数民族发生战争，这可是史实。汉代征战的是匈奴，唐代征战突厥，宋代是抗辽、抗金。这种传统的一致排外的搞法，一直到清代，这才不搞了，或者说不是不搞了，是搞不动了。因为少数民族终于入关统治了天下，还怎么搞？汉人再也搞不动了，只有俯首称臣了。这难道不是事实吗？但是，汉人不搞了，后来满人又搞起来，因为满人已

179

经统治了汉人，又去征战其他少数民族了……

那么如果翻腾中国的所谓历史，这些大都为我们汉人的史官们写下的历史，有多少民族英雄都是抗击少数民族侵犯中原的啊。霍去病、岳飞之流，无非是内战英雄嘛。如果早些承认少数民族兄弟，他们本来就是"五方之民"，他们每每发动战争，侵犯中原——那怎么是侵犯中原呢？他们的祖先是蚩尤啊，他们本来就是我们的亲兄弟，他们本来就是中原人，他们不过是想回到中原生活，想回自己的家，天经地义，怎么就是侵犯中原呢？

如果跳出狭隘的民族主义立场，如果从人类学的发展角度来看，这些民族内部的战争，本来就不是什么你死我活的敌我矛盾，充其量也只是为了生存的一种自然竞争罢了。如果再从生命发展学的角度来看，这些民族内部的诸多战争，它们的积极意义在哪里呢？说到底也只是一种力量和智慧的锻炼罢了，准确地说也只是一种生存需要的体育活动和体育精神！

你看，我这么说，多么有趣啊！

生命在于运动，这是生命与生命之间的一种运动形式吗？

现在再回头来看我们中华民族的五十六个兄弟民族，还有这么多吗？其实归纳一下也只有两个民族两个兄弟，"五方之民"是一个，从波斯湾迁来的是一个，全国也只有两个民族嘛！

好了，让我们拐回来再说蚩尤吧。他本来就是我们的祖先，把他供奉起来，是多么的重要啊！

现在是不是可以正本清源了？我们的祖先到底是谁？

如果为了方便和统一认识，那就只供奉伏羲嘛。只供奉伏羲，"五方之民"就没有争议。

如果实在想再往下排列呢，无论如何得听取鲁迅先生的意见，把蚩尤爷也供奉起来了。

写到这里忽然联想到几则文化信息，1993 年我出访以色列时，由于好奇我曾经私下请教以色列的朋友：你们以色列人对犹大怎么看？人家郑重回答我：犹大一直被认为是我们民族的英雄！这个出人意料的回答，曾经给了我深刻的印象。

还有多年以前第一次出访法国的时候，正好碰上法国人在纪念二战时期的一个什么日子,我一打听,法国翻译告诉我,他们在庆祝法国当年的投降日。二战时期法国人发现没有能力抗拒德国人的侵略,于是经过思考就选择了投降。请注意,法国人从没有为此感到过耻辱,反而感到自己的选择无比正确。他们认为,由于投降而避免了人的牺牲,最主要的是保护了巴黎这座历史古城没有受到任何伤害。于是,二战结束后,法国人每年都要纪念自己国家在二战时期的伟大投降。我当时就笑了,这要放在我们中国呢?想都不敢想。这真是思想观念的不同啊!

还有这些年有海外的朋友曾经对我说,现在的朝鲜和韩国,民间还有好多人供奉蚩尤,他们一直认为蚩尤是他们的祖先呢。我听到这些以后,心里特别温暖,也特别感动。我暗暗想,如果再次出访韩国,我一定邀请韩国的朋友"回家"看看。国家的界线无非是一种文化管理的需要,一种行政区域的划分嘛,怎么能够割断人与人之间的生命联系和亲情联系?如果追本溯源,很可能我们周边国家的许多人,大都是伏羲的后人,也是蚩尤的后人。

啊,爷是伏羲,家在淮阳(精神故乡)啊!

《周易》到底易什么?

易,是什么?

说白了易就是变化嘛。

变化是什么? 说白了也就是发生和运转嘛。

发生和运转什么呀? 也就是说天、地、人从哪里来的? 开天辟地到底是怎么回事? 天地是如何运转和人是如何活着和死亡的?

吓人吧? 这就一下子说到根本了。

说到《周易》,应该先说说它的源头。任何事物都有生命,都有发生和发展的过程,就像小树长成大树,小孩儿长成大人,《周易》也不是凭空忽然就出现的。如果根据史书上的记载,按时间先后应该有三易:《连山》易;《归藏》易;然后才是《周易》。总共是三易。

《连山》易出现在夏朝,《归藏》易出现在商代,《周易》出现在周代。不幸的是,前两易都失传了,后来就只剩下了《周易》。失传了并不是没有出现过,因为如

果没有前两易,《周易》也不可能诞生,也不可能这么
"易"。

前两易虽然基本上失传了,但也留下了一些蛛丝马
迹。据说"君、臣、民、物、阴、阳、兵、象"为夏朝《连山》
易的纲要? 又据说"地、木、风、火、水、山、金、天"为商
代《归藏》易的纲要? 怎么讲呢? 有许多说法,各自不
同,大都不能够自圆其说,既然已经失传了,在这里不提
也罢。但有一点应该提起,前两易虽然失传了,是后来
失传的,我怀疑老子是通读过前两易的。

我的怀疑有两点依据:一是老子生前是国家的图书
馆馆长,他应该有机会读过前两易;二是前两易据说都
是以阴为上,以阳为下,明显带有以前母系社会的影响。
只有到了《周易》,这才以阳为上,以阴为下。有史为
证,夏代和殷代都是"亲亲"的,政权的结构以母亲为圆
点和核心,当王的哥哥如果死了,按照大礼继承大统的
应该是弟弟,并不是儿子。只有到了周代,这才修正过
来,当王的哥哥如果死了,继承大统的应该是儿子,不再
是弟弟。弟弟被认为是旁系了。

这是一个重要的变化,只有到了周代,才从政权内

部彻底完成了以父系为圆点和核心的改革。

但是,在老子的著作里,到处弥漫着阴柔之美,甚至可以说到了以阴柔至上的程度。"无为而治""上善若水"等等,于是我就怀疑老子深受《连山》易和《归藏》易的影响。无论如何,老子的《道德经》与孔子对于《周易》的解释,特别是孔子后来写下的《论语》,虽然在本质上并没有什么大的矛盾,但确实在许多地方是有明显区别的啊。

现在让我们把话题再往前追索一下,那么"三易"之前应该是什么?

或者说这"三易"继承的又是什么呢?

恐怕应该是河图和洛书。

或者直接说是伏羲画出来的八卦吗?

河图和洛书,与伏羲画的八卦,这两者又有什么关系呢?哪个更早一些?这就没有准确的历史依据了,各种史书上也没有准确的记载。有的这样说,有的那样说,一直统一不起来。

这就好了,只有无知者才无畏,既然没有现成的共识,我们就可以进入大胆的猜测了。

我曾经这样猜想,远古时候人们对于自然现象进行无穷无尽的探索和描绘之后,慢慢地归纳起来,到最后全部落脚在两个点上,那就是象和数。

用象来表示和描绘,用数来解释和研究。

于是,最终出现了总结性的河图和洛书的研究成果。

河图和洛书像两扇门,推开它们,我们的祖先这才终于走进了科学。

那么接着往前走呢?

这就发展到了八卦?

也,只有到了八卦,祖先们的科学研究才更加深入和具体起来,终于发现了自然的运行规律,终于揭开了大自然的所有秘密。

现在我们好像可以这么说了,八卦曾经是"三易"的最初草图,或者叫提纲。因为当年伏羲画八卦的时候,还没有发明出来文字,伏羲画出来的八卦,也只是八个符号。这一代接一代传承下来的呢,实际上也只是易图。易图最终加上了文字解释,真正变化成《易经》,那是经过前两易之后,最后到了周代。因为是周代,再加上据说是周文王最初为《易经》加上的文字注释,后世人就叫《周易》了? 我们如今面对的的《周易》,它就是演绎八卦并且是详细解释八卦的经典著作。

民间对《周易》还有一个叫法,普遍叫作"天书"。那意思很明白,也就是说一般人根本看不懂,也别去看。为什么会这样呢? 我觉得应该解释一下,这是因为《周易》最早成书的时候,并不是周文王专门要写得深奥,不打算让后人阅读。而是那时候刚刚发明文字,一个字一句话的内容包含太多的意思,这样传来传去传到后来,后人就觉得非常艰涩难以理解。于是,为了方便人们学习,孔子这才专门写了"十翼",在周文王之后再次来做详细解释。这一说我们就明白了,后世人读《周易》,不大能读懂周文王,基本上也就是读孔子的解释。其实原来,《周易》所表达的思想内容原本是非常浅显的,《易经·系辞》上有云《周易》是"百姓日用而不知"。《周易》讲的就是老百姓在日常生活之中,经常讲的道理和生活经验嘛。

现在我们可以尝试着真正进入《周易》了吧?

我们从哪里开始?

当然先从"无"开始,什么事情都是从无到有嘛。

"无"就是"无极",从无到有就是"无极生太极"。

你看,这就开始真的"易"起来了。

无极既然是无,其数自然只能够是 0;无极生太极,太极就自然是有了。因为初看太极是混沌一团,其数自然只能够是 1。这就是发现从无到有的基本过程,也就是发现从 0 到 1 的基本过程。

妙啊!怪不得老子言:"此两者同出而异名,同谓之妙。妙之又妙,众妙之门。"

看到了吗?原来这就是众妙之门!

因为无和 0 为阴,看不到摸不着,无形无象,自然应该为阴,我们权且就叫它阴码;因为有和 1 为阳,看得到摸得着,有形有象,自然应该为阳,我们权且就叫它阳码。

请注意了,我们在这里一不小心,就发现了宇宙的两个密码:0 和 1,或者说阴和阳,从此呢,我们这就一下子推开了阴阳的门扇,揭开了大自然和生命的全部秘密。

这么一说呢,好像并不复杂,真理往往是最简单的。

我记得中国古代有一个非常形象的神话传说,讲的是"后羿射日"的故事。人们发现天上的太阳太多太多了,最后让后羿射下来,只剩下了一个太阳。我觉得这个神话故事真是奇妙,它的妙处在哪里呢?就在人们发现天上的太阳太多了这个地方。

到底天上的太阳太多到什么程度?传说竟然多到九个。这就是最最多的了,因为现代数学诞生之前,9被人们认为是最大的数。因为9再往上呢,就又变化为0了,就又没有了。

请注意,天上的太阳为什么太多了?到底多到哪种程度?因为人们最初发现每天都从东边升起一个太阳来,这个太阳每天都从西边落下去,那么人们开始思考的是,这天上到底有多少个太阳呀?这一思考不要紧,一直思考了多少年多少代?人们发现许多事物开始可疑:太阳升起来天就亮了,太阳落下去天就黑了,这是为什么?为什么我们自己睡着了,又醒来了,还是我们自己,并没有多出一个人来?为什么这世界上的许多东西都是圆的?为什么女人生孩子的地方是洞?为什么男人的生殖器是一根柱子?……

这种思考大概延续到了多少年多少代以后，人们终于忽然明白过来，原来天上就那么一个太阳，升起来落下去，再升起来再落下去，原来太阳在那里转圈哩。

这就是一个伟大的发现。

这个发现不得了！

于是后世的人们就创造神话故事，让"后羿射日"起来，主要是为了庆贺人们发现了天上只有一个太阳的秘密。这一下我们就明白了，这后羿肯定不是什么射日的英雄，他一定是那个最早提出来天上可能只有一个太阳的人。如果换个说法呢，他可能就是人类最早的科学家呢。但是，那时候人们尊崇的是力大无穷的英雄，传说起来只好让后羿张弓搭箭，去射太阳……

大概从这时候开始，人们终于发现了"1"。

这是一个惊人的发现。这个发现，让人们从无看到了有，也就是从 0 找到了 1。这个"1"的横空出现，完全改变了人们像别的动物一样的那种传统生活。这就是说人从这个时候，终于产生了主动意识，大概从这一时刻开始，人的思想才真的诞生了。

好了，既然已经从无到有了，那就从此"一画开天"

起来喽？

"一画开天"应该就是这么来的。

"一画开天"自然也就是"开天辟地"了。

什么是真正的开天辟地？传说用斧头把天地辟开，这只是后来人的神话，其实还原过去真正的真相应该是，先人们第一次发现了阴阳，产生了思想！

又过了多少年代？人们逐渐意识到了，天体宇宙原来是由阴阳组成的呢。天体是阴阳的天体，宇宙是阴阳的宇宙。于是，这个世界也只能够是阴阳的世界了。于是，人们进一步发现，天下任何物质也都是阴阳的物质，天下任何的生命也全是阴阳的生命。而且继而发现，这阴中有阳，阳中有阴，你中有我，我中有你，不能够分割，只能够阴阳互相转化。

啊，阴阳、阴阳……

啊，0 和 1、0 和 1……

这两者互根两者互存两者互变两者互化，缺一不可。

于是，伟大的时刻终于到来了，人类从此诞生了哲学思想！

我猜想那时候先人们一定为自己的发现欣喜若狂，只放在心中怎么可以呢？于是，人们就随便捡起来一件东西，把自己的想法画出来。刚开始可能画得不尽如人意，不要紧，那就再画嘛。于是，一次次地画，一天天地画，一年年地画，一代代地画，一直画到后来，终于用阴码和阳码画出了八卦。

好了，让我们把八卦诞生的过程写出来吧：

先是无极生太极。

再是太极生两仪（两仪也就是阴阳，也就是后来写出来的阴爻和阳爻）。

再是两仪生四象。

然后才是四象生八卦……

关于八卦的诞生，也有许多美丽的神话传说。许多的传说大都和乌龟有关，好像这八卦不是先人们经过思考画出来的，是老乌龟显灵显圣贡献出来的呢。可是，若倒过来推想呢？肯定是先人们看到乌龟背上的纹理状，忽然受到了启发，然后经过长期观察和思考，这才画出来的。当然这也是缘分，生命与生命之间的通灵感悟，或者就说是神示又如何呢？

还有一个神话传说，那就是关于蓍草的。传说当年伏羲爷演义八卦的时候，用的是蓍草的草棍，从此蓍草就成了天下的神草。由于伏羲由于八卦，人们对蓍草甚至也开始烧香磕头了。但是这种植物呢，生长得并不普遍，现在越来越少，据说整个长江以北只有两处生长，那就越来越神奇了。不过，淮阳太昊陵伏羲墓后边确实还有一个很大的蓍草园，蓍草生长得非常旺盛，人们到了太昊陵都要去看蓍草园，特别是海外的华人，最渴望带走几根或者一小把蓍草，以做纪念。

因为格外喜欢植物的原因，我也曾经去看过蓍草园。我感觉蓍草应该和蒿草、菊花是一科，蓍草叶发出的清香，和艾香非常接近；齐刷刷向上生长的形象也如蒿草，筷子粗细的草茎长得很高，差不多接近人的身高。当时我久久地站在蓍草园旁，肃穆和神奇的感觉之后呢，不禁在心里笑了一下，我忽然觉得，其实如果说穿了呢，伏羲爷当年反复研究摆放八卦的时候，无非是用蓍草棍摆弄的嘛，如果换成别的木棍或竹棍，也是可以的吧。但是，如果想要仔细追索呢，这里边也应该有缘分，如果往神奇之处去联想，这可能也是人与植物之间的一种通灵感悟吧？我一直坚持认为，如果是生命，就应该有灵魂。如何发现如何感悟植物的灵魂，就是另外的话题了。

那么现在应该回答一个问题了，我们知道了八卦的神奇，到底如何神奇？能够神奇到什么程度？孔子在《易经·系辞(下)》有几句话，讲明八卦的价值，正是由于有了八卦，"天地定位，风雷相搏，山泽通气，水不相射"。

好了，我想这就把八卦的诞生基本上说清楚了。如果再往下说呢？那就应该先把八卦画出来，对照着八卦的图画，慢慢细细道来……

古往今来，详尽地演说八卦的学问家和著作多如牛毛。从古至今，总结一下，大致分为两个派别：一个派别偏重哲学；一个派别偏重占卜。到底哪个派别才是正确的呢？虽然我自己是偏重喜欢哲学研究的，但也没有能力来回答这个问题。老实说，我没有这个能耐，解释整个的阴阳世界。不过呢，我曾经在一个偶然的机会，回答过一个外国友人的追问，他希望我用一两句话讲明白《周易》的内容，让他大致对《周易》有一个基本的了解。

我不妨写在这里,就教于读者。

我曾经这样回答外国友人:"《周易》是用占卜的形式,讲的是哲学。《周易》总共六十四卦,每卦六爻,总共三百八十四爻。中国的先人们总结千万年对于天地的观察和体会,对于人的生死的观察和体会,把寻找到的发展规律,用三百八十四种形式演化出来,传承给后人。"

后来看,这种回答当然是片面和野蛮的,但是因为我只有这点概括能力,也只能够这么回答了。我当时觉得这种回答基本上算忽悠。但是,我记得外国朋友听了以后,想了一会儿,忽然说:"我想我明白了,太神奇太伟大了!"

我在这里厚着脸皮重新说出来,确实让大家见笑了。

天上只有一个太阳

现在世界上虽然总说东方和西方,其实天上只有那一个太阳。

文化传播从来是没有国界的。

东方也好，西方也好，所有的文化成果应该都是全人类的。

传播也好，封锁也好，新的文化成果只要一出现，它就会像阳光一样光芒四射，普照全世界。

大概是公元1701年（清康熙四十年）秋末的一天，德国历史上伟大的科学家莱布尼兹收到了一个邮件。那年他已经五十四岁了，正在为如何创造"乘法器"苦思冥想，已经到了万般无奈的地步。就在这时候，他收到了好朋友、法国传教士白晋从中国寄给他的邮件。

请注意，这不是一个普通的邮件，这是值得世界科学永远纪念的一个邮件。

莱布尼兹没有任何预感，他慢慢地打开邮件，发现了三幅中国的易图：一是伏羲画的八卦易图；二是伏羲八卦的方位图；三是伏羲八卦的六十四卦序图。

他的朋友白晋告诉他，这是中国伏羲所画的八卦图，是中国的"天书"。

那么中国的"天书"到底是什么呢？莱布尼兹不禁好奇，他开始思考，这一思考不要紧，莱布尼兹深陷其中不能自拔。一边着手研究，一边向中国发去急件，希望白晋继续寄来相关的资料。从此，一个德国人开始了对中国伏羲八卦的研究。

莱布尼兹毕竟是数学天才。由于他不懂中文，只好放弃了图上的汉字解释，而把研究的中心缩小到《易经》里关于数的二进制的奥秘。

他发现"一"连画，表示阳；发现"――"断画，就表示阴。

同时，他还发现"一"连画，表示的是1；如果"――"断画，表示的是0。

他从乾卦开始计数，从上到下的顺序是，第一画表示的是1，第二画如果表示的是2，那么第三画就应该表示的是4，这样第四画就表示的是8，第五画应该表示的是16，第六画就应该表示的是32了。

于是，奇迹出现了，就这样他发现了伏羲六十四卦的秩序图分别是：0、1、2、3、4、5、6、7、8、9……直至最后的64数。

莱布尼兹在当时已经是大科学家和大数学家，面对破译之后的三张易图，他惊呆了！他不禁高兴地大喊大叫："中国伏羲,大科学家！大数学家！伏羲的二进位制和我的二元算术不谋而合！"于是,他的研究至此得到意外的突破,于1703年发表了著名的数学研究成果:《论二进制算术——附其应用以及据此解释中国伏羲易图的探讨》。

请注意,这就是电子计算机的主要基础性理论。它的问世即将翻开世界科学新的一页,从而创造新的世界历史。

莱布尼兹特别为得到中国朋友的帮助而高兴,他怀着急不可耐的激动心情,向仍然在中国传教的白晋发去了一封诚恳的邀请函,他要邀请中国的伏羲先生到德国进行访问,并且进行学术交流活动。

大概半年之后,莱布尼兹收到了来自中国的白晋的回信,白晋在信中说:"莱布尼兹先生,我怀着非常友好的心情坦诚告诉你,你急不可耐地邀请中国的伏羲先生到德国讲学,看起来你这位闻名于世的大科学家要失望了。因为中国的伏羲先生是六千多年前的一位中国帝王,早已经不在人间了。当然,虽然中国的伏羲先生不能够到德国讲学了,他的思想光芒仍然可以照耀善良的全人类……"

可想而知,莱布尼兹有多么的失望。这种失望情绪包括两个内容:一个是再也无法见到中国的伏羲先生;另外一个是人家中国人六千年前就已经到达世界科学前沿,解决了数学二进制问题。后来,他在给白晋的回信中说:"我的二元算术和中国伏羲二进制关系密切。中国伏羲应该是世界性的最伟大的科学家和数学家。这个八卦易图也应该是现代科学最最古老的纪念物。但是,六千多年来却没有人能够理解它,这是不可思议的。它和我的新算术完全吻合。我可以自白:如果我没有发明二元算术,则中国六十四卦之间的数学关系没有人会明白的……"于是,他又找到了属于他自己的自豪感。

这个传奇故事还远远没有结束。当莱布尼兹继续把二元算术向前推进,找到了"二元命数法",最终改进了"计算器",终于制造出了世界上第一台手摇计算器,也就是电子计算机的前身。

这是世界科学技术史上的一个重要的里程碑!

这时候莱布尼兹忽然决定要访问中国。他最终得以成行,漂洋过海来到了中国。当莱布尼兹把一台手摇计算器送给康熙皇帝的时候,这个号称"九五之尊"的中国皇帝大吃一惊,连连大叫:"好宝,好宝!"

莱布尼兹却笑着说:"陛下,中国的,这原本就是中国的。"

康熙皇帝瞪大眼睛问:"怎么是中国的?"

莱布尼兹这才说:"这个计算器的原理,就是伏羲的二元算术原理啊。"

康熙皇帝和文武百官皆瞠目结舌……

莱布尼兹归国后,为了表达对中国的热爱,曾经写信给康熙皇帝,要求加入中国国籍。同时,为了表达他对《易经》的感情,他又在德国法兰克福创建了第一所中国学院……

这就到了1854年,英国昆士学院教授乔治·布尔继承莱布尼兹的数学理论,出版了《思维规律的研究》一书,号称"对逻辑作一数学的分析",继续加深对二元算术的深刻认识……

这就到了1938年,美国一名叫冼能的硕士研究生,第一次将二进位制逻辑应用于电路中,发表论文《替续器及开关电路的符号分析》,最终将手摇计算机变成了电子计算机。

新的电脑时代终于诞生了。

让我们及时梳理一下过程,从中国的伏羲到德国的莱布尼兹,再到英国的乔治·布尔,及至美国的冼能……这就是一个世界科学发展的链条。于是,当1946年世界上第一台电子计算机诞生的时候,中国伏羲画的八卦图被当作世界尖端科学的标志嵌刻在机身上。

在莱布尼兹半个世纪之后,19世纪著名的哲学家黑格尔出生了。黑格尔曾经在他的著作中说:"我一生最大的遗憾,就是没有完全学透中国的《易经》。因为中国人早就注意到了抽象的思想和纯粹的范畴。"

上世纪40年代,中国的《易经》也曾经震撼过法国的巴黎。因为中国的留学生刘子华发表了著名的博士论文《八卦宇宙论与现代天文——一颗新行星的预测》。在刘子华的论文中,他引用了三十一幅"易图"确定自己的构思方向,用了二十七张表格计算各种参数,推算出太阳系外还有第十颗行星木王星。而且,他还计算出了运行速度和轨道的偏角。他的发现,主要是运用八卦的理论基础,震撼了法国的科学界。于是,当年刘子华的博士论文答辩,后来也传为佳话了。直至四十多年后的 1988 年,美国夏威夷天文台、英国伦敦天文台使用现代科学手段,最终证实了这颗星球的存在……

可以了,就先举这几个例子吧,其用意也显然是用外国人来证明中国人的伟大。其实我想说的是,一个非常流行甚至是时尚的理论偏见,西方的文化没有东方的特别是我们中国的早,更没有东方的特别是我们中国的好!

这个说法不稀罕吧?

在我们的主流社会特别主要在理论界,这种说法流行多少年多少代了? 基本上也可以说从古至今吧。

毋庸讳言,我的朋友杨复峻先生,更是一个牢牢站稳这个理论立场的人,证明来证明去,证明到最后呢,什么都是我们中国的好啊!

这有意思吗? 能够有多大意思? 我想说这无非是用古人来装饰今人的门面嘛,我想说这是一种常见的精神病,我在这里毫不客气地说这是一种自欺欺人的弱小民族和弱小国家的病态心理。

我在这里没有反对东西方文化的比较研究,我也没有这个反对的兴趣,我只是想提醒人们,如此比较研究的目的是什么?不是比谁的早和谁的好,谁早谁好都一样是全人类的文化遗产,比较研究不是为了对立,比较研究是为了寻找科学发展规律,重新推动科学的发展嘛!

我在这里也想举一个例子,拿美国说说文化历史,美国只有三百年的历史,为什么处处走在世界科学的前边?美国很少给人摆古,我们的祖先如何如何,而是不管哪个国家哪个民族的祖先创造的文明遗产,他都继承,他都拿来使用。于是,美国人总是说我们自己如何如何。

但是,美国的强大已经是事实。

这是为什么呢?

美国为什么强大?

我看一个是美国人的胃口好,饮食习惯合理,消化功能强大;一个是美国人没有历史文化包袱的沉重压迫。

如果对比美国,虽然我们中国有着无比灿烂辉煌的文化遗产,同时也背负着太过沉重的历史文化的思想包袱啊!

那么什么是历史文化的思想包袱?虽然放开说比较复杂,简单说也极其简单,那就是古老的传统的思维习惯。

难道不是吗?

这就引出了文化立场和文化胸怀的问题⋯⋯不在这里展开讨论了。因为你看结果是,西方人同样学习《易经》,中国人也同样学习马克思辩证法,我们的前人不是已经做出光辉的榜样了吗?

因为说到底我们人类只有一个地球,天上只有一个太阳嘛。

于是,我特别想对六千多年前的伏羲爷说,您老真是太伟大了,天上真的就一个太阳,当年照过您的那个太阳现在正在照着我哩。还特别想告诉您的是,白天在我们这里升起来的太阳,晚上并没有落下去,它去照西方的人了。

伏羲爷如果天上有灵,听我这么对他说,他肯定乐!

于是，如果按照伏羲爷的八卦理论，东方西方也不过是阴阳之分，太阳照在哪里哪里就为阳，没有照着的自然就为阴了？于是，阴中有阳，阳中有阴，你中有我，我中有你，我们都是全人类嘛。

伏羲爷，我们东西方都是一家人，也都是您的子孙哪！

2010 年端午

此文系《中华始祖太昊伏羲》序

"小说家的散文"丛书

图书在版编目（CIP）数据

推开众妙之门 / 张宇著. --郑州:河南文艺出版社,2022.5
（"小说家的散文"豫籍作家系列）
ISBN 978-7-5559-1324-5

Ⅰ.①推… Ⅱ.①张… Ⅲ.①散文集-中国-当代 Ⅳ.①I267

中国版本图书馆 CIP 数据核字(2022)第 034096 号

选题策划　陈　静
责任编辑　陈　静
书籍设计　刘婉君
责任校对　梁　晓

出版发行　河南文艺出版社
本社地址　郑州市郑东新区祥盛街 27 号 C 座 5 楼
承印单位　河南瑞之光印刷股份有限公司
经销单位　新华书店
开　　本　700 毫米×1000 毫米　1/32
总 印 张　60.375
总 字 数　888 千字
版　　次　2022 年 5 月第 1 版
印　　次　2022 年 5 月第 1 次印刷
定　　价　258.00 元（全 9 册）

印厂地址　河南省武陟县产业集聚区东区（詹店镇）泰安路
邮政编码　454950　　电话　0371-63956290